# Frau Sonnenschein sucht das Weite

*Allen gewidmet, die auf der Suche sind*

BRUNY FRITZ

# Frau Sonnenschein sucht das Weite

**Bibliografische Information der Deutschen Nationalbibliothek**
Die Deutsche Nationalbibliothek verzeichnet diese Publikation in
der Deutschen Nationalbibliografie; detaillierte bibliografische Daten
sind im Internet über http://dnb.d-nb.de abrufbar.

© 2023 Bruny Fritz
Grafik: Pravokrugulnik/ Sloth Astronaut/ Elenamiv/ Khamidulin
Sergey/ Shutterstock.com

Umschlagdesign, Satz, Herstellung und Verlag:
BoD - Books on Demand, Norderstedt
ISBN 978-3-7568-5360-1

# Inhalt

# Prolog

In ihrer Kindheit hatte Eva einen Traum, der sich in den Nächten in ihr Zimmer hineinschlich, als sei er ein heimlicher Freund. Oft kam er nur zu einer Stippvisite, manchmal nahm er sich Zeit für endlose Wiederholungen. Dieser Traum schenkte ihr ein Gefühl von Wohligkeit; ein ähnlich schönes Gefühl hatte sie nur, wenn sie auf dem Sofa einschlafen durfte und die Eltern in der Nähe saßen und sich leise unterhielten.

In ihrem Traum gleitet sie wie eine Meerjungfrau durch das Wasser; Sonnenstrahlen dringen in ihr türkisfarbenes Reich, und selbst als sie in einem grob gewirkten Netz festhängt, wartet sie voller Vertrauen, bis Hände sie befreien, aus dem Wasser heben und sie vom Sonnenlicht eingehüllt wird, als legte jemand eine leichte Decke um sie. Die gleichen Hände, die sie eine Weile wiegen, geben sie liebevoll dem Wasser zurück; das Element, das sie am Leben hält. Immer hofft sie im Traum das Gesicht des Menschen zu sehen, dessen Hände sie so behutsam behandeln. Vergeblich.

# 1 Klassentreffen

Als Eva Sonnenschein an jenem heißen Sommermorgen aus unruhigem Schlaf erwachte, war ihr so klar wie an keinem Morgen zuvor, dass es ihr niemals gelingen würde, ihre Traurigkeit einfach wegzuschlafen. Es müsste etwas geschehen, das ihre Lebensgeister wieder wecken würde, etwas, das sie derart aufrütteln würde, dass sie sich bereitwillig traute, manche Sicherheiten in ihrem Leben loszulassen. Ach, dachte sie Sekunden später; zu viele Konjunktive! Egal wie ihre Gedanken kreisten, sie endeten immer an diesem Punkt. Mit dieser deprimierenden Erkenntnis erhob sie sich aus ihrem Bett und ging auf den Balkon. Vom Tal der Wied zog sich die Ortschaft Nettelbach auf die das Tal umgebenden Höhen des Westerwaldes. Besucher machten hier Halt, um eine romanische Basilika zu besichtigen und sich anschließend in der Konditorei Sonnenschein zu stärken; ein fast heiliger Ort für Zucker-Junkies.

Jens war stolz, dass die Familie seit vier Generationen das Geschäft führte, und immer wieder wurde sein Handwerk mit Preisen ausgezeichnet. Für reibungslosen Service und Buchhaltung war Eva zuständig. Dafür hatte man – soweit sie wusste – noch keinen Preis erfunden.

Manchmal, wenn sie die Gäste in der Konditorei bediente, blitzte ihr kölscher Humor hervor, doch blieb es den Stammgästen nicht verborgen, dass seit einiger Zeit irgendetwas mit ihr anders war; die Nettelbacher sprachen sogar davon, dass ihr ursprüngliches Wesen abhandengekommen sei. In trüben Momenten empfand Eva ihren Nachnamen als Bürde; wenn man Sonnenschein hieß, erwarteten die Menschen wie selbstverständlich ein strahlendes Wesen.

Damit konnte Jens, ihr Ehemann, eher dienen. Er war ein charmanter Plauderer, immer noch ausgesprochen attraktiv, und Eva wusste, dass die Frauen nicht nur wegen der köstlichen Torten in ihre Konditorei kamen. Was solls, dachte sie, wenn's dem Geschäft dient ... Genau dieses Denken, dass die Familie sämtliche Bedürfnisse dem Geschäft unterzuordnen hatte, ja genau dieses Denken hatte sie zur funktionierenden Maschine gemacht. Sie nahm einen tiefen Atemzug und begab sich ins Bad, um eben diese funktionierende Maschine anzukurbeln.

Am Spätnachmittag hatte sie alles im Auto verstaut und setzte sich auf den Beifahrersitz. Ready for Klassentreffen, dachte sie. Den Mitarbeiterinnen, die an diesem Wochenende den Service übernahmen, vertraute sie und trotzdem wollte sich kein Hochgefühl einstellen.

Jens wurde von der Bürgermeisterin aufgehalten, die mit ihrem Mann auf einem Tandem unterwegs war und wohl Lust auf ein Schwätzchen hatte. Er entfernte sich während des Gespräches schrittweise von den beiden, bis er schließlich auf sein Auto wies. Die Bürgermeisterin drehte sich zum Auto und winkte ihr; dann war Jens endlich entlassen.

»Haben nur kurz über die Hundertjahrfeier im nächsten April gesprochen«, murmelte er, als er ins Auto stieg.

Sie blickte auf das Schild aus Emaille, das eine üppige

Torte zeigte und am Haus befestigt war; »seit 1920 Konditorei Sonnenschein« stand dort. »Ist ja noch ein dreiviertel Jahr …«, atmete sie durch, lehnte sich zurück und wünschte sich, das zu tun, wozu ihr der Alltag keine Zeit ließ: in den Tag hineinträumen, bis sie in ein Reich zwischen Schlaf und Wirklichkeit glitt.

»Was ist denn nur wieder los? Selbst heute, wo du ein schönes Wochenende vor dir hast, bist du so muffelig!«

Wenn Jens sich ärgerte, fuhr er immer zu schnell.

»Nichts ist los, du weißt doch, dass ich im Auto gern vor mich hinträume.« Eva sprachs und drehte sich von ihrem Ehemann weg.

Als sie auf die Autobahn in Richtung Köln fuhren, bemerkte sie erste Wolken, die sich am Himmel auftürmten; ein Zeichen dafür, dass der ersehnte Regen bald kommen würde. Schnell wurde noch eine Bitte um einen freien Parkplatz nach oben geschickt, damit sich Jens nicht aufregen musste; was immer der Fall war, wenn er in Nippes vor der Gaststätte Osters Herm nicht auf Anhieb ein Plätzchen für sein Auto fand.

Jens schwieg die ersten Minuten, dann drückte er auf den Radioknopf und begann, die Oldies von SWR 1 mitzusingen. Eva schaute ihn irritiert an, sagte aber nichts. Er liebte halt die kleinen Provokationen; ganz bewusst tat sie so, als wäre sein Gesang für sie völlig normal. Einige Kilometer weiter konnte sie jedoch nicht mehr an sich halten.

»Schön ist anders!«

»Gefällt dir mein Gesang nicht?«

»Er ist so aufgesetzt.«

»Der Westerwälder wollte auch mal ganz locker sein.«

»Interessant …« Eva schaute nach draußen.

Jens berührte sie kurz.

»Bald kann meine Frau mit dem Kölner Stammbaum wieder ganz sie selbst sein, wenn sie in ihrer Heimatstadt sein wird.«

»Vielleicht stimmt das gar nicht.«

»Was?«

»Na, das mit dem Kölner Stammbaum …«

»Erzähl!«

Jens fuhr von der Autobahn ab.

»Ne, ist jetzt der falsche Zeitpunkt.«

»Dann lass verdammt noch mal diese blöden Andeutungen!«

»Du hast ja recht.«

Es herrschte Stille zwischen ihnen, nun auch ohne Gesangseinlage von Jens.

Das Universum hatte Eva nicht erhört. Kein freier Parkplatz vor dem Osters Herm, in dem gleich ihr Klassentreffen stattfinden würde.

Jens fuhr das zweite Mal um den Block. Verstohlen betrachtete Eva ihn. Er hatte sein Stofftaschentuch aus der Hosentasche gezogen und tupfte sich den Schweiß von der Stirn, sein Gesicht war gerötet. Dann brach es aus ihm heraus: »Ach Gott ja, ich vergaß: Köln ist ein Gefühl! Der hippe Kölner fährt eh Lastenfahrrad. Da kommt so ein Depp aus dem Westerwald und erwartet einen freien Parkplatz.«

Eva wollte ihn gerade fragen, was denn sein eigentliches Problem sei, als sie Frau Osters aus der Eingangstür der Gaststätte treten sah. Sie lief zwischen den geparkten Autos auf die Straße und winkte heftig. Jens bremste ab und Eva ließ die Seitenscheibe herunter.

»Hallo Eva, gib mir schon einmal die Torte, dann kann dein Mann in Ruhe einen Parkplatz suchen.«

»Das ist lieb, Frau Osters. Schätze mal, Jens fährt gleich weiter. Wenn Sie die Torte nehmen, komme ich mit meinem Köfferchen hinterher. Ich werde bei Isabell übernachten.«

Jens starrte sie verblüfft an.

»Ich wollte noch mit hereinkommen.«

»Jaaa, wenn du unbedingt willst … Hinter uns wartet übrigens ein Auto.«

Sie griff ihren Rucksack, stieg aus, öffnete die hintere Tür des Kastenwagens, reichte Frau Osters die Torte, nahm den Trolley aus dem Wagen und folgte der Wirtin, ohne sich noch einmal umzusehen.

Drinnen hörten sie eine Hupe und das Quietschen der Reifen.

Frau Osters schaute sie vielsagend an. Eva fühlte sich schlecht.

Herm Osters stand mit zwei Gästen am Tresen.

»Da ist ja mein Liebelein«, rief er ihr fröhlich entgegen und rückte sein Piratenkopftuch auf seiner Glatze zurecht.

Ehe er noch die Möglichkeit bekam, Eva zu umarmen, übergab Frau Osters ihm die Torte, die Jens mit pinkfarbigem Fondant überzogen hatte.

»Lur ens Herm, dat rosa Dräumche.«

»Welchen Traum meinste denn, Leni? Die Eva oder die Torte?«

Eva hatte gelernt, mit den mehr oder weniger witzigen Bemerkungen über ihre Kleidung in Rosa und Rot umzugehen.

»Ach Herr Osters, genau wie früher versuchen Sie mich immer noch zu veräppeln. Ihre Frau meint natürlich die Torte. Wenn die nicht bald in die Kühlung kommt, ist sie kein Traum mehr.«

Eva war in dem Haus gleich neben dem Osters Herm aufgewachsen und sonntags war bei ihnen zu Hause die Küche »kalt« geblieben; dann ging man nach nebenan in die Gaststätte zum Mittagessen. Sie fühlte sich sehr vertraut mit dem Wirtsehepaar und so blieb sie noch eine Weile stehen, um die Neuigkeiten aus der Straße zu hören.

»Eva, stell dir vor, der Sohn vom Kösters Tünn ist schon seit Tagen verschwunden.«

Frau Osters, die sonst eine kräftige Stimme hatte, war näher an Eva gerückt und flüsterte fast.

»Wie verschwunden?«

»Er hatte seiner Frau gesagt, er würde sich nach der Arbeit mit ein paar Kollegen bei uns treffen. Er ist hier aber nicht aufgetaucht.«

»Vielleicht brauchte er mal eine Auszeit.«

»Eva sei mir nit fies, der Mann hätt zwei Pänz, da nimmt man sich doch keine Auszeit.«

»Sicher, da haben Sie recht«, sagte Eva schnell und schaute auf ihre Uhr. »Ich werde mich jetzt mal zum Sälchen bewegen, sonst geben die Mädels wegen mir auch noch eine Vermisstenanzeige auf.«

Vor der dunklen Flügeltür mit dem Schild »25 Jahre Abitur Ursulinnenschule« blieb Eva stehen. Fünf Jahre sind seit dem letzten Klassentreffen vergangen, dachte sie; und ihre Welt war eine andere geworden. Sie öffnete vorsichtig die Tür und schwupp, wusste sie, dass sie in Köln war und trübe Gedanken hier und heute keinen Platz hatten.

»Hier ist anscheinend schon Karneval«, sagte Eva und schaute sich im Raum um.

An den Wänden hingen rot-weiße Girlanden, die große Tafel war für 22 Personen mit rotem Tischtuch eingedeckt.

Auf dem Tisch standen zwei Blumengestecke in rot-weiß und die Servietten zeigten das Kölner Stadtwappen.

An den geöffneten Fenstern tanzten rot-weiße Luftschlangen. Steffi versuchte, die Fenster zu schließen, damit der stärker werdende Wind die Deko nicht durcheinanderwirbeln konnte. Erst mit Evas Hilfe gelang es den beiden Frauen, die Naturgewalt draußen zu halten. Steffi dankte ihr und begrüßte sie freundlich, um dann gleich einen Kommentar hinterherzuschicken: »Mensch Eva, du hast ja immer noch eine Kinderfigur!«

Eigentlich hatte Eva eine patzige Antwort auf der Zunge, aber sie ging weiter zu den Frauen, die alle um eine Wurlitzer Musikbox herumstanden.

»Es sind nur Oldies drauf«, meinte Britta bedauernd.

»Für eine ehemalige Raverin wirklich unerträglich«, antwortete Eva. »Stell dir vor, mein Mann hat heute auf der Fahrt jeden Oldie mitgesungen.«

»Na ja, hast du nicht mal erwähnt, dass er zehn Jahre älter ist als du?«

Was hat das denn damit zu tun, dachte Eva; doch ihr fiel keine passende Antwort ein und so lächelte sie Britta nur an.

Plötzlich spürte sie zwei Hände über ihren Augen. Ach, die Isabell! Ihr liebstes Ritual seit der Schulzeit.

»Ich rate mal«, sagte Eva. »Uih, wer könnte das bloß sein, vielleicht die liebe Isabell?«

Isabell kreischte auf und die zwei umarmten sich lachend. Eva löste sich vorsichtig aus der Umarmung.

»Du bist ja ganz nass …«

Isabell beugte den Kopf nach unten und knetete mit beiden Händen ihre pechschwarzen Locken.

»Der Regen tut meinen Haaren gut«, sagte sie, als sie nach oben kam, »für die Bäume in unserer Straße müsste es allerdings noch viel mehr regnen.«

Dann hielt sie Eva eine Locke hin.

»Demnächst werde ich wohl von meinen politischen Gegnern nicht mehr die ›schwarze Hexe‹ genannt werden können. Schau mal, ich bekomme die ersten grauen Haare.«

»Das wird dir super stehen, Isabell!«

»Stell dir vor, die neuen Nachbarskinder haben mich heute gefragt, ob ich eine Zigeunerin bin.«

»Und, was hast du geantwortet?«

»Dass ich tatsächlich eine bin und gerne Kinder im Keller einsperre!«, sagte Isabell.

Eva schlug erschrocken die Hand vor den Mund.

»Bist du wahnsinnig?«, fragte sie kopfschüttelnd.

»Nein, vorausschauend. Jetzt werden mich die Eltern hoffentlich niemals fragen, ob ich mal fürs Babysitten einspringen könnte.«

Sie wollte sich ausschütten vor Lachen und Eva dachte, typisch Isabell, politische Korrektheit hat sie noch nie interessiert, obwohl sie bei den Grünen ist.

Schnell wurde Isabell aber wieder ernst.

»Evchen, ich mache mir Sorgen um dich. Ich müsste lügen, wenn ich sagen würde, dass du gesund aussiehst. Du bist ja noch dünner geworden … und so bleich! Bist du mit einem Sonnenschirm durch die Natur marschiert? Warst du nicht im Urlaub?«

»Nein, Jens war mit seinem Freund eine Woche zum Fliegenfischen, und ich fahre vielleicht ein paar Tage nach Amsterdam, um Tim zu besuchen. Und übrigens, bleich ist das neue Braun.«

»Ha, ha«, antwortete Isabell, bewegte sich aber mit einem Schritt von ihr fort. »Liebes, wir reden nachher mal weiter.«

»Klaro«, sagte Eva, da hatte sich Isabell schon den anderen zugewandt.

Frau Osters und eine Mitarbeiterin reichten Sekt und mit dem Heben der Gläser war das Klassentreffen offiziell eröffnet.

Eva prostete ihren ehemaligen Mitschülerinnen zu; alle hatten sie qualifizierte Berufsabschlüsse, nur sie nicht. Sie war allerdings auch die Einzige mit zwei erwachsenen Söhnen. Als sie an Tim und Max dachte, spürte sie einen warmen Strom an Freude. Sie wusste, dass einige ihrer ehemaligen Mitschülerinnen sie um ihre lange Ehe und ihre erwachsenen Kinder beneideten. Schon ihre Mutter hatte immer gesagt, dass das, was man hat, nicht so viel wert erscheint, wie das, was man nicht hat.

Das Geschnatter, das den Raum erfüllte, ebbte plötzlich ab. An einer Wand stand eine lange Tischreihe, dort hatten Frau Osters und ihre Mitarbeiterinnen kalte und warme Köstlichkeiten aufgebaut und Frau Osters wünschte mit ihrer kräftigen Stimme allen einen guten Appetit.

Nicole, die mit Steffi zusammen das Klassentreffen organisiert hatte, hielt eine kurze launige Rede und machte auf die anschließenden Programmpunkte aufmerksam.

Während des Essens tauschte Eva mit Isabell und Steffi Belanglosigkeiten aus, denn nach dem Essen begann die Runde.

Drei Minuten Redezeit für jede, um den anderen mitzuteilen, welche wichtigen Entwicklungen es bei ihnen im beruflichen wie im privaten Bereich gegeben hatte. Für Eva der Teil des Klassentreffens, den sie am meisten fürchtete.

Sie lief schnell noch einmal zu den Toiletten und hoffte, dort niemanden anzutreffen. Sie war so klein, dass sie sich auf die Zehenspitzen stellen musste, um ihr Gesicht zu sehen. Hätte sie vielleicht doch ein wenig Make-up benutzen sollen, damit sie nicht so bleich aussah? Blödsinn, dachte sie sogleich, passt doch gar nicht zu mir. Trotzdem ärgerte sie sich, dass niemand etwas zu ihrem neuen Haarschnitt gesagt hatte, sondern nur Bemerkungen kamen, wie dünn sie doch geworden sei. Sie hatte ihre langen blonden Haare auf Schulterlänge kürzen und stufen lassen, weil ihre Friseurin meinte, dass sie dann erwachsener aussehe.

Eva ließ eiskaltes Wasser über ihre Handgelenke laufen und wusste, dass sie gleich nur berichten würde, dass ihre Eltern vor einem Jahr innerhalb von sieben Monaten gestorben waren und dass diese Situation sie immer noch psychisch sehr belastete. Sie checkte ihr Handy. Seit einer Woche machte sie das ständig; Handy checken und auf ein Wunder hoffen. Nichts, niente, nada! Sie überlegte noch, ob sie Jens eine versöhnliche Nachricht schicken sollte, als die Türe aufgerissen wurde. Es war Nicole. Beide Frauen starrten sich wortlos an. Eva sah die winzigen Schweißperlen über der blutrot geschminkten Oberlippe und die ausgeprägte Zornesfalte über Nicoles Nase.

»Mensch«, rief Nicole, dann stockte sie und hickste. Sie bekam immer noch einen Schluckauf, wenn sie sich aufregte.

»Brauchst du 'ne Extraeinladung? Was ist los? Wir suchen dich. Wir wollen anfangen!«

Eva fühlte sich ertappt. Wobei eigentlich?, dachte sie im gleichen Moment.

»Geh schon, ich komme sofort«, sagte sie ohne weitere Erklärung.

Nachdem Nicole die Tür geschlossen hatte, wartete sie noch eine Minute.

Im Sälchen erzählte eine Frau nach der anderen von Freude und Leid in ihrem Leben und Eva war froh, dass sie als Vorletzte drankam. Sie benötigte für ihren Redebeitrag nicht die ihr zustehenden drei Minuten. Schlimm war es nicht, von ihrem Schicksalsschlag zu erzählen, schlimm war es, in die erschrockenen und entsetzten Gesichter zu schauen, die ihre eigene Trauer nochmals spiegelten.

»Auch hier geht das Leben weiter«, sagte Nicole zum Schluss und Eva spürte, dass sie sich bemühte, ihr einen liebevollen Blick zu senden.

»Bei unserem heutigen Klassentreffen werden wir wieder mit einem besonderen Nachtisch verwöhnt; Konditormeister Sonnenschein hat für uns eine Baileys-Torte kreiert.«

Die Frauen klatschten begeistert und die Türe öffnete sich. Frau Osters schob einen Wagen mit der Torte hinein und verteilte die Stücke auf Dessertteller. Eva lehnte dankend ab und bot sich stattdessen an, die Namenszettel fürs Schrottwichteln einzusammeln. Sie hörte den Klingelton ihres Handys. Es war Jens. Schuldbewusst meldete sie sich besonders freundlich.

»Sorry wegen eben.«

»Schon gut …« Jens' Stimme klang zuerst versöhnlich. Dann schob er nach.

»Ich kenn es ja mittlerweile nicht anders.« Das saß! »Ich wollte mal nachfragen, wie die Torte ankommt?«

»Mädels, hier fragt gerade jemand, wie der rosa Traum ankommt?«

Der Holzboden im Sälchen bebte, als 21 Paar Füße begannen, Beifall zu trampeln.

»Hörst du?«, fragte Eva.

Jens räusperte sich.

»Erzähl den Frauen bloß nicht wieder, dass ich mir mein Lob abholen wollte. Ich wollte dir lediglich für heute Abend ein wenig Freude wünschen.«

»Danke Jens, alles fein!«

Die Damen saßen nach der Kalorienbombe ermattet auf ihren Plätzen und der Abend verlangte nach einem neuen Höhepunkt. Auf einem Tisch standen oder lagen eingepackt 22 verschiedene Gegenstände, die von der jeweiligen Spenderin als Schrott bezeichnet wurden. Eva hatte sich von einem Marienmuschelaltar getrennt, der vor vielen Jahren einmal ein Hauptgewinn an einer Kirmes-Losbude gewesen war. Steffi hielt jeweils einen eingepackten Gegenstand hoch und Nicole fischte einen Namen aus der Schale. Diejenige musste dann vor aller Augen ihr Schrottwichtel auspacken. Es gehörte zum Spiel, dass dabei viel gelästert wurde. Eva war seltsam irritiert, als sie mit ihrem Wichtel an der Reihe war: ein altes GEO-Heft »Nordfriesische Inseln« war an einer James-Last-LP »Biscaya« befestigt.

»Wollte ich eigentlich noch nie hin«, sagte sie und grübelte anschließend darüber, ob es Zufall war, dass man sie ausgerechnet zum jetzigen Zeitpunkt in den hohen Norden schicken wollte, obwohl sie mit den Eigenarten der Nordsee nichts anzufangen wusste. Sie mochte nicht dort Urlaub machen, wo man ständig das Wasser suchen musste.

»Das nenn ich mal Schrottwichteln«, meinte Isabell, als sie unter dem Gekreische der Frauen eine weiße Porzellangießkanne präsentierte, deren Ausguss ein Penis war.

»Ist das nicht auch Sexismus?«, fragte Eva.

Steffi murmelte: »Eva sagt was, und schon ist die Stimmung im Keller.«

Eva sagte »sorry« und ärgerte sich sogleich, weil sie nicht wusste, wofür sie sich gerade entschuldigte. Sie kannte doch Steffi; die verteilte halt gerne verbale Backpfeifen.

Isabell nahm sie kurz in den Arm.

»Seufz«, murmelte Eva. »Bin ich wirklich so eine Spaßbremse?«

»Ach Eva, nimm dir doch nicht jeden Kommentar zu Herzen!«

Aus der Musikbox ertönte Cat Stevens.

*If you want to sing out, sing out*
*If you want to sing loud, sing loud*
*'Cause there's a million things to be*
*You know that there are*

Zum ersten Mal hörte Eva auf den Text. Sehr tröstlich und Mut machend: es gibt eine Million Möglichkeiten zu sein ...

Sie hätte damals nach dem Abitur gerne auch eine Million Möglichkeiten bei sich sehen wollen, doch ihr war nichts anderes eingefallen, als das zu machen, was sie in ihrer gesamten Kindheit und Jugend gemacht hatte: Leistungsschwimmen. Wasser war immer schon ihr Element gewesen.

»Schwimmen ist doch kein Beruf!«, hatte ihr Vater damals kopfschüttelnd ausgerufen. »Es wird Zeit, dass du im Leben ankommst, Mädchen!«

Sie hätte ihren Vater gerne gefragt, was er damit überhaupt meint, im Leben ankommen. Doch ihre Mutter stand gleich an ihrer Seite. »Du kannst doch auch hübsch zeichnen, mach doch etwas Künstlerisches.« Und so hatte sie voller Freude an einer privaten Akademie begonnen, Illustration zu studieren. Bis sie Jens kennenlernte, ein halbes Jahr später schwanger wurde, und ehe sie sich versah, war sie die Frau des Konditors. Der Klassiker halt.

Aber hübsch zeichnen konnte sie immer noch und Karikaturen machten ihr besonders Spaß. Deswegen hatte sie sofort eingewilligt, als es um den nächsten Programmpunkt des Abends ging.

Eva trank ihren Kaffee aus und schüttelte sich kurz. Ständig hängen deine Gedanken in der Vergangenheit, tadelte sie sich selbst. Sie half Steffi dabei, das Flipchart aufzustellen, packte ihre Filzstifte aus und schon bildete sich eine kleine Schlange von Freiwilligen, die sich karikieren lassen wollten.

Wie man es auch vom Comic kannte, war Eva in der Lage, mit wenigen Linien die Gesichtszüge ihrer ehemaligen Mitschülerinnen einzufangen und das Charakteristische der Person durch Überzeichnung aufs Blatt zu bringen. Bei der einen war es das üppige Dekolleté, bei der anderen die schwungvollen Lippen oder das Grübchen im Kinn.

»Du musst Menschen mögen, wenn du sie karikierst, es hindert dich daran, dass der Stift in deiner Hand arrogant wird«, hatte ihr Dozent an der Akademie gesagt. Diesen Satz hatte Eva nicht vergessen. Keine der zehn Frauen hatte letztlich etwas dagegen, ihre Karikatur auszustellen, bevor sie sie mit nach Hause nahmen.

Je länger der Abend dauerte und je mehr Alkohol floss, je größer wurde die Partylaune der Frauen. Steffi, die aktiv im Karneval war und sich bestens mit kölschem Liedgut auskannte, scharrte schon mit den Füßen. Auf ihrem Rechner war alles vertreten, von Brings bis Kasalla, von Höhner bis Cat Ballou, und sie wusste, dass ihre ehemaligen Mitschülerinnen fast alles auswendig mitsingen konnten. Sie standen nun an Stehtischen, bedienten sich am gut gekühlten Kölsch-Fässchen und auf einmal war Karnevalsstimmung im Sälchen, es erklangen die Hits der letzten Session und Eva wurde es wehmütig ums Herz. Sie kramte ihr Handy aus der Tasche und ging nach draußen unter das Vordach. Dort gab es für die Raucher zwei Stehtische mit Aschenbechern. Isabell war ihr gefolgt. Eva machte mit ihr ein Selfie. Dann standen beide Frauen still zusammen und hörten dem Regen zu, der auf den Mülltonnen im Hof ein Konzert gab. Isabell zog an ihrer Zigarette, schaute den Kringeln nach, die sie in die Nacht blies, und fixierte Eva. Die blieb stumm.

»Ich sehe dir an, dass du immer noch nicht mit Jens gesprochen hast.«

Eva biss auf ihrer Unterlippe herum.

»Und sonst?«, fragte Isabell.

»Nichts und sonst.«

Isabell griff in ihre Handtasche und holte eine kleine Taschenlampe heraus. Wie in einer Verhörsituation richtete sie das Licht auf Eva.

»Gestehen Sie jetzt, gestehen Sie alles«, Isabell blieb vollkommen ernst.

»Dumme Kuh«, Eva schob die Taschenlampe weg. »Mir ist das alles viel zu wichtig, um Witze darüber zu machen. Ich warte immer noch auf irgendeine Antwort, ich kann einfach nicht mehr locker sein.«

Ihr Gespräch wurde jäh gestört, als 20 Frauen in einer Polonaise nach draußen getanzt kamen und Isabell und Eva einfach mitrissen.

Das Handy blieb auf dem Stehtisch liegen, bis es am nächsten Morgen von Frau Osters eingesammelt wurde.

# 2 Harry

Es hatte die ganze Nacht über geregnet, leider ohne die ersehnte Abkühlung. Köln wurde wie so oft in diesem Sommer zu einem Ort subtropischer Atmosphäre. Eva blieben noch 40 Minuten bis zu ihrer Heimfahrt mit dem Regio nach Altenkirchen. Sie durchstreifte zuerst einige Boutiquen und eine Buchhandlung mit zahlreichen englischsprachigen Büchern. Dort kaufte sie »Dear Life« von Alice Munro, weil ihr der Titel so gut gefiel. Oben am Bahnsteig setzte sie sich auf eine der unbequemen Drahtbänke und lauschte den Bahnhofsgeräuschen. Neben den ein- und ausfahrenden Zügen und den unzähligen Durchsagen war es das Klackern der Kofferrollen, die mit der Laufgeschwindigkeit der Kofferbesitzer nicht immer mitkamen. Dann das Abschiednehmen, manchmal mit einer Spur Melancholie, aber genauso auch laut, mit viel Bohei, vielleicht, um zu verhindern, dass sich Melancholie breitmachen konnte. Schließlich die fröhlichen Begrüßungsrufe, die einhergingen mit fast fluchtartigem Verlassen des Bahnsteiges.

Einige Reisende betrachtete sie ein wenig länger. Sie überlegte, was sie beruflich machten, und fand, dass manche ihr Leben deutlicher im Gesicht trugen, als ihnen vielleicht lieb war.

Sie würde nun nach dem Klassentreffen wieder in ihr Westerwälder Leben zurückkehren. In ein Leben mit Fragezeichen, die sie zur Detektivin ihrer Vergangenheit gemacht hatten. All das, was sie entdeckte, wurde von ihr wie Puzzleteilchen zusammengefügt, damit sie eine Idee von ihrer Zukunft bekam.

Auf einer Werbetafel suchte die Feuerwehr neue Mitarbeiter. Sie stellte sich vor, wie ihre Anzeige aussehen würde.

*Die Frau des Konditors sucht eine Nachfolgerin. Erforderlich sind gute Struktur, Leidenschaft für Buchhaltung, geringes Schlafbedürfnis (16-Stunden-Tag) und viel Lob für den kreativen Konditor. All das kann die jetzige Stelleninhaberin nicht mehr aufweisen.*

Eva kramte in ihrem Rucksack nach dem Handy. Sie hatte das am Abend zuvor liegen gelassene Handy morgens bei Osters abgeholt; leider war keine Zeit mehr gewesen, um es zu laden, deswegen war es ausgeschaltet. Sie musste nun unbedingt schauen, ob es eine Nachricht für sie gab. Vor einer Woche hatte sie über ihren DNA-Datenbank-Anbieter erfahren, dass es einen Verwandten ersten Grades gibt, und sie hatte ihn angeschrieben, in der Hoffnung, eventuell ihren Samenspendervater gefunden zu haben.

Wahnsinn! Es gab eine Nachricht!

*»Hallo Eva, also wie unsere Verwandtschaft zustande kommt, keine Ahnung. Ich bin 40 Jahre alt und kann deswegen nicht dein Spendervater sein. Da ich hier in Wacken augenblicklich privat und beruflich extremst eingespannt bin, habe ich für Recherchen erst einmal keinen Kopf. Melde mich später ausführlicher. LG Ole Möller.«*

Ein Mann in ihrem Alter war mit ihr verwandt. Das konnte doch nur ein Halbbruder sein. Vielleicht hatte er nur aus Lust und Laune einen DNA-Test gemacht und seine Eltern hatten ihn noch gar nicht aufgeklärt. Wo lag Wacken denn nur?

Eva googelte den Ort. Es war ein kleines Nest in der Nähe von Itzehoe.

Sie wollte weiterlesen, da ging ihr Handy aus. Nur Notruf möglich. Mist!

Die Durchsage, dass ihre Bahn 30 Minuten Verspätung hatte, ließ sie aufhorchen. Ansonsten wäre ihr der IC am anderen Gleis gar nicht aufgefallen und auch nicht die schnarrende Stimme, die das Ziel und den Zeitpunkt der Abfahrt dieses Zuges bekannt gab. Es blieb kaum Zeit zum Abwägen. Hamburg, das war's doch! Ein kurzes Zögern, ihr wurde bewusst, dass ihr Herz wirklich bis zum Hals schlagen konnte. Ein Blick nach allen Seiten, als ob da jemand stünde, der ihr aufmunternd zunicken würde. Sie drehte sich um die eigene Achse. Die Bahnmitarbeiterin führte die Pfeife, die das Abfahrtsignal für diesen Zug geben sollte, Richtung Mund. Eva machte einen Sprint. Sie hörte jemanden rufen, so etwas wie »das war knapp«, als ein Reisender sie und ihren Trolley in den IC zog, und schon bewegte sich der Zug Richtung Hohenzollernbrücke.

In einem überhitzten Großraumabteil fand sie einen freien Sitzplatz. Ihr knatschbunter Regenmantel sorgte dafür, dass sie sich wie in einer Sauna fühlte; sie spürte, wie Schweiß langsam ihren Rücken herunterrann, und fragte sich nach wenigen Kilometern, was in sie gefahren war. Sie dachte daran, dass Jens verbittert zu ihr gesagt hatte, dass sie montags schon wisse, wozu sie sonntags keine Lust habe. Sie konnte damals nur betroffen schauen und hatte nichts erwidert. Und jetzt? Jetzt traute sie sich etwas. Allein. Irgendwie der Hammer!

Ihre Augen suchten das volle Abteil nach einer Möglichkeit ab, ihren Trolley und ihren Mantel ablegen zu können, als ihr die zwei Männer in schwarzen Harley-Davidson-Shirts über kurzen Cargohosen auffielen. Sie mühten sich mit ihrem Werkzeug, ein Fenster zu öffnen. Eva hinterfragte nicht, was die beiden dort machten, sondern schaute fasziniert auf deren Kompletttätowierung. Sie entdeckte ein Auge, das sie von einem Arm herab anstarrte und ihr, je nachdem in welcher Stellung sich der Arm befand, einen bösen Blick sandte.

Ihre Hand griff an die Halskette mit dem Anhänger von Fatimas Auge. Die hatte sie bei einer Astrologin erstanden, die ihr damals prophezeite, dass diese Kette helfen würde, Unbill von ihr fernzuhalten. Das würde sich nun herausstellen, dachte Eva. Sie war für diesen »Hokuspokus« – wie Jens zu sagen pflegte – sehr empfänglich. Zumindest wusste sie dank der Astrologin, warum es ihr so unendlich schwerfiel, sich auf das reale Tagesgeschäft einzulassen, da sie als Sternzeichen Fisch, Aszendent Krebs, wesentlich lieber in ihre Phantasiewelten abtauchte.

Ach Jens! Was wird sie dem erzählen? Na ja, ihr wird schon noch etwas einfallen; heute, oder morgen.

Ihr gegenüber stand ein eleganter Herr auf – sie schätzte, er war in den Sechzigern –, um seinen Blazer auszuziehen. Sein Buch hatte er auf den Sitz gelegt; als die Bahn stoppte, rutschte das Buch auf den Boden. Eva reichte es ihm, als er wieder Platz nahm. Sie hatte Autor und Titel gelesen, Josef Roth, Radetzky-Marsch. Ach, dachte sie, so ein alter Schinken!

»Das ist sicher schon vor langer Zeit geschrieben worden«, sagte sie, um überhaupt etwas zu sagen.

»Ja, Ihre Generation kennt das Buch wohl nicht mehr, dabei zeigt es viele Parallelen zur heutigen Zeit auf.«

»Wirklich?« Eva schaute ungläubig. »Jetzt haben Sie mich neugierig gemacht.«

Der elegante Herr lächelte geschmeichelt und legte los:

»Der Roman beschreibt am Beispiel einer Familie das Scheitern der Habsburger Monarchie. Man liest von Dekadenz, davon, dass sich viel Vertrautes auflöst, dass Werte verfallen. Eine Ahnung liegt in der Luft, dass neue Kräfte die Zukunft bestimmen werden, und genau da sehe ich den Bezug zur Jetztzeit: Wir alten weißen Männer mit unseren Werten werden nicht mehr zu diesen Kräften gehören.«

Oh je, dachte Eva, den Sound, den kenn ich doch. Sie musste jetzt möglichst elegant aus der Nummer herauskommen.

»Ach interessant. Sie drücken mit ähnlichen Worten aus, was auch meinen Schwiegervater umtreibt.«

»Sehen Sie …«, sagte der elegante Herr noch, da hatte Eva aber schon ihr Buch aus dem Rucksack gefischt und er beendete seinen Satz nicht mehr.

Puh, seufzte sie innerlich, noch einmal Glück gehabt.

Die drohende Apokalypse war das Lieblingsthema ihres Schwiegervaters. Wenn er nicht in der Backstube aushalf, war er im Internet unterwegs, um für seine Thesen, wie zum Beispiel den nahenden Blackout, Pandemien und andere Katastrophen, Bestätigung zu suchen.

Beim nächsten Halt musste der elegante Herr aussteigen.

»Ich darf mich dann verabschieden, grüßen Sie Ihren Schwiegervater von mir. Er wird genauso wie ich zu der

Generation der Glückseligen gehören, die keinen Krieg, sondern Gemeinsinn und Aufstieg kannten und noch von ihrer Rente leben können. Nichts für ungut!« Damit verließ er den Zug.

»Danke fürs Mutmachen«, murmelte Eva und nahm sich vor, sobald ihr Handy wieder Akku haben würde, nach Josef Roths Radetzky-Marsch zu googeln.

Irgendwann hörte sie jemanden aufstöhnen.

Einer der Harley-Männer beugte sich zu einer älteren, apathisch wirkenden Dame hinunter. Ihren Fächer hatte sie fallen lassen und nestelte nun mit beiden Händen an den obersten Knöpfen ihrer hoch geschlossenen Bluse. Der Mann drehte sich zu Eva: »Sag mal, Pünktchen, haste vielleicht mal was zu trinken für die Frau hier? Wir können ihr nur Bier anbieten, da hat sie keinen Bock drauf.«

Eva schaute lächelnd auf die orangenen Punkte ihres roten Mantels. Sie zog aus ihrem Rucksack eine Aluflasche heraus und reichte der Dame mit den Worten »Ich heiße übrigens Eva« den mit Wasser gefüllten Becher.

»Es bedankt sich Silke«, antwortete die Frau mit dünner Stimme.

In diesem Moment schrie der andere Harley-Mann »Bingo«, es sauste ein Fenster hinunter und alles, was leicht war und den Fahrtwind liebte, wurde nach draußen gezogen. Die Mitreisenden jauchzten wegen der willkommenen Frische auf und klatschten Beifall. »Endlich einmal Männer der Tat«, riefen sie. Das Personal der Bahn hatte sich nicht in der Lage gesehen, entweder die Heizung auszuschalten oder ein Fenster zu öffnen. Einer der Harley-Männer machte den Gang zu seiner Bühne; er breitete die Arme aus und ließ sich durchpusten. Er drehte sich zu Eva und fragte: »Willste auch mal eine Winddusche?«

»Warum nicht?«, antwortete Eva. Sie stand auf, zog ihren Regenmantel aus und stellte sich mit ausgebreiteten Armen neben den Mann. Dabei hob sich ihr rosa Sommerkleid, auf dem sich exotische Blüten tummelten, nach oben.

»Wenn mich keiner kennt, bin ich viel mutiger«, sagte sie fröhlich. Dann hörte sie die Lästerer, die leise Bemerkungen über ihr hoch gerutschtes Kleid machten, und sie setzte sich schnell auf ihren Platz.

»Mach dir nichts draus«, sagte der Harley-Mann. Ich habe ja schon mitbekommen, dass du Eva heißt, ich bin der Harry.«

»Ach herrje«, platzte es aus Eva heraus, »mein Saugroboter heißt auch so.« Harry ließ sich auf seinen Sitz fallen, als hätte sie ihn geohrfeigt.

»Es gibt Frauen, die können jede Stimmung kaputtmachen«, sagte der andere Harley-Mann und reichte Harry eine Dose Bier.

»Welche Stimmung?«, fragte Eva.

Harry beachtete sie nicht mehr. Er hatte die Bierdose in zwei Zügen geleert, dann mit seinem Freund den Platz getauscht und schaute so intensiv aus dem Fenster, als wäre die norddeutsche Heidelandschaft ein seltenes Naturereignis.

Plötzlich fiel Eva etwas ein. Verdammt, darüber hatte sie bei ihrem schnellen Entschluss nicht nachgedacht. Sie schlug erschrocken die Hand vor den Mund.

»Ich habe gar keine Fahrkarte«, flüsterte sie in die Stille hinein.

Harry drehte sich zu ihr.

»Ach, so eine bist du also!«

»Sind Sie Psychologe?«, fragte Eva.

Der Freund schlug Harry vor Vergnügen auf die Schulter.

»Haste gehört, Seelenklempner sollste sein!«

Harry blieb ernst.

»Du kannst im Zug nachlösen. Ist nur teurer. Ich schätze aber mal, vom Personal wird sich augenblicklich sowieso keiner hier reintrauen. Wo willste denn hin?«

»Nach Wacken«, antwortete Eva.

»What?!«, rief Harry und auch der andere Harley-Mann starrte Eva für einige Sekunden ungläubig an und dann begannen beide Männer zu lachen. Eva wollte ehrlich sein. Sie wurde ausgelacht. Wenn sie sich so umschaute, dann hatten einige Menschen im Abteil ein Schmunzeln im Gesicht.

»Sorry«, sagte Harry, »aber ich habe noch nie so eine bunte Frau auf einem Heavy-Metal-Festival gesehen.«

Eva schüttelte erstaunt den Kopf.

»Was denken Sie über mich? Ich hasse Heavy Metal! Ich will doch nicht zu einem Festival.«

»Dann musst du jetzt ganz tapfer sein.«

Eva zog die Augenbrauen nach oben und sagte dann in Richtung Harry: »Ich höre …«

»Am Mittwoch beginnt in Wacken der Welt größtes Heavy-Metal-Festival.«

Eva zuckte nur mit den Schultern.

»Was geht mich das an, heute ist doch erst Sonntag. Am Mittwoch bin ich längst wieder weg.«

»Ich wohne in Wacken«, sagte Silke.

»Sie kommen aus Wacken?«, fragte Eva aufgeregt. »Kennen Sie vielleicht einen Ole Möller?«

»Na sicher kenne ich Ole. Das ist doch unser Polizist. Sie müssen eine Verwandte sein, der hat die gleiche Zahnlücke wie Sie.«

Eva blieb die Antwort im Halse stecken.

Silke war wohl feinfühlig genug, um nicht weiterzubohren. Schnell sagte sie: »Dann werden Sie sicher in Hamburg mit mir umsteigen, oder?«

»Ja, wenn ich mich Ihnen anschließen darf?«

Ehe Silke noch antworten konnte, holte Harry sein Handy heraus, klickte auf ein Foto und sein Gesichtsausdruck veränderte sich, wurde weich mit einem feinen Lächeln. Jetzt wird er uns sein Mädel zeigen, dachte Eva und erblickte erstaunt einen schwarzen Ford Mustang mit goldenen Streifen.

»Was halten die Damen denn davon, wenn dieses Pferdchen sie nach Wacken bringen würde?«

Eva und Silke schauten sich verblüfft an.

Eva hätte am liebsten sofort zugesagt, doch sie wollte warten, wie sich Silke entscheiden würde.

»Tja«, meinte Silke und lächelte verschmitzt. »So ein Angebot können wir doch nicht ausschlagen.«

Harry hatte den Mustang am Hauptbahnhof abgestellt, um gleich mit dem Kollegen nach Wacken weiterfahren zu können. Die beiden Hamburger, die von einem Messebauauftrag kamen, wollten dort beim Festival als Roadies arbeiten. Harry bestand darauf, dass sie neben ihm auf dem Recaro-Sitz Platz nahm. Der Kollege und Silke mussten sich auf die hinteren Notsitze zwängen; beide verschwanden regelrecht in der Versenkung.

»In einen Ford Mustang sinkt man nicht hinein, sondern hinab«, sagte Harry mit glänzenden Augen und drückte auf den Starterknopf. Es folgte ein tiefes Grummeln aus beiden Auspuffrohren.

»Tja, 421 PS und acht Zylinder«, klärte Harry auf.

»Aber du siehst ja gar nichts«, kam von hinten Silkes Entgegnung.

»Hier geht es nicht ums Sehen, hier geht's ums Fühlen«, antwortete Harry. »Sorry, meine Liebe, aber das verstehen nur Autofreaks wie ich.«

Harrys Kollege lachte dümmlich und quengelte, weil er nicht wusste, wohin mit seinen langen Beinen.

Eva aber fühlte ein Prickeln auf der Haut, so wie früher, wenn sie auf ihrem Arm Brausepulver mit Spucke vermischt hatte. Mit dem Hinabsinken in den Mustang verstärkte sich für sie das Gefühl, dass nun etwas ganz Besonderes in ihrem Leben beginnen würde. Die erste Etappe von etwas Unbekanntem, Aufregendem war fast geschafft.

## 3 Wacken

Eva schaute sich verwirrt um, als sie in dem Gästezimmer erwachte. Gestern Abend hatte sie nur kurz das funzelige Licht angeknipst und war müde ins Bett gefallen und nun schien es so, als sei sie zurück in die 70er Jahre katapultiert worden.

Sie lag in braun-orangener Bettwäsche aus Frottee, braun-orange war auch die graphische Tapete, die zwei Wände zierte. Von der Decke baumelte über einer Couch aus braunem Cord eine Makramee-Eule und auf den braunen Fliesen oberhalb des orangenen Waschbeckens klebten Pril-Blumen.

Sie war 1974 geboren, aus dieser Zeit ungefähr musste die Einrichtung stammen. Und 45 Jahre später machte sie sich auf, um das zu leben, was ihr spontan eingefallen war. Spontan sich den eigenen Bedürfnissen hingeben, auch so ein 70er-Jahre-Ding, oder?

Gestern war es ganz schön aufregend gewesen ... Der schwarze Ford Mustang! Die Fahrt nach Wacken und Silkes Einladung ... Und heute würde sie die Polizeistation aufsuchen und Ole kennenlernen ...

Sie räkelte sich in ihrem schmalen Gästebett, machte sich lang und dachte an Jens, den sie immer noch nicht angerufen hatte. Ihr Handy war im Zug liegen geblieben; sie müsste sich ein neues besorgen. Gleichzeitig gestand sie sich ein, dass sie gestern Abend ihre Gastgeberin hätte bitten können, von deren Festnetz anzurufen, wenn sie ein ehrliches Bedürfnis gespürt hätte, Jens Bescheid zu sagen. Jens würde sich Sorgen machen … Vielleicht gefiel ihr auch der Gedanke, dass sie abgetaucht war wie der Sohn vom Kösters Tünn.

Mit nackten Füßen huschte Eva ins Treppenhaus, wo sich auf halber Treppe eine Toilette befand. Nett von Silke, dass sie ihr angeboten hatte, in ihrem Gästezimmer zu übernachten. Aus dem Erdgeschoss drangen Gesprächsfetzen nach oben, sie hörte eine Haustür zuschlagen. Am Waschbecken ihres Zimmers machte sie eine Katzenwäsche und eilte nach unten.

»Guten Morgen, Eva, Kaffee oder Tee?«, fragte Silke, die am Tisch saß und in der Zeitung blätterte. Sie zeigte auf den Platz mit dem frischen Gedeck.

»Guten Morgen, Silke, Kaffee bitte, ich habe wunderbar geschlafen«, bedankte sich Eva mit einem freundlichen Lächeln. Sie setzte sich hin und starrte gedankenverloren das Ei an, das mit einer gehäkelten Warmhaltehaube in seinem Becher auf sie wartete.

»Eigentlich frühstücke ich nie, mir fehlt meistens die Zeit dazu.«

»Aha«, sagte Silke und schaute sie erwartungsvoll an.

»Wir haben in Nettelbach – also dort, wo ich herkomme – eine Konditorei.«

»Dann fehlst du jetzt wohl dort …« Silke hielt ihr auffordernd den Brötchenkorb unter die Nase. »Ich lass dich hier nicht weg, bevor du unsere Quarkbrötchen mit Rosinen gekostet hast, nu nimm schon!«

Eva nahm sich ein Brötchen aus dem Korb und legte es auf ihrem Teller ab. Sie schaute sich im Esszimmer um. Alles aus Buchenholz wie bei ihren Eltern, bloß die vielen Bücherregale fehlten hier, stattdessen hingen Aquarelle an den Wänden mit immer dem gleichen Motiv, dem Meer.

»Und, schmeckt's?«

Eva biss schnell vom Quarkbrötchen ab und nickte dann.

»Silke, wie alt bist du?«

»Zweiundsiebzig, warum fragst du?«

»Weil es bei dir so aussieht, wie es bei meinen Eltern ausgesehen hat. Meine Mutter ist jetzt schon ein Jahr tot. Sie ist mit einundsiebzig Jahren gestorben.

»Oh, das tut mir sehr leid. Was ist mit deinem Vater?«

»Den kenn ich nicht.«

»Aber, du hast doch eben von deinen Eltern …«

»Du hörst gut zu, Silke. Da gab's den Ziehvater, der ist ebenfalls im letzten Jahr verstorben, meinen leiblichen Vater habe ich noch nie gesehen.«

»Hast du denn wenigstens Geschwister?«

»Nicht so richtig, deswegen war das Schlimmste für mich, die Wohnung meiner Eltern auflösen zu müssen. Ich hatte das Gefühl, mich selbst abzuwickeln.«

Eva spülte den letzten Bissen vom Quarkbrötchen mit Kaffee herunter; sie brauchte dringend einen Themenwechsel.

Doch Silke wollte nicht lockerlassen. Sie beugte sich über den Tisch, schenkte Eva ein unschuldiges Lächeln und fragte: »Nur so fürs Protokoll, ein bisschen schwanger geht nicht, aber nicht so richtig Geschwister, geht?«

Eva verdrehte die Augen. »Wenn wir schon beim Protokoll sind, nächste Frage!«

»Der Ole weiß wohl gar nichts von deinem Besuch.«

»Ne, wird eine Überraschung.«

»Der wird sich vielleicht gar nicht freuen …«

»Wie meinst du das?«

»Na, vielleicht hat er ein büschen viel um die Ohren.«

»Alles klar, werden wir dann sehen …«

Eva begann die Krümel von der Tischdecke zu picken. Stimmt, Ole hatte in seiner kurzen WhatsApp von Stress gesprochen.

»Wo kann ich denn hier ein Handy kaufen?«

Silke schaute sie erstaunt an.

»Ja hier nicht, da musst du schon ins Internet gehen. Doch warte mal, bis Uwe aus seinem Englisch-Kursus wiederkommt, wenn du nicht die neueste Mode haben möchtest, der hat noch ein altes in der Schublade liegen …«

Wenig später hörten sie, wie jemand die Haustüre aufschloss. Dann stand ein großer, hagerer Mann in der Tür; einen Elbsegler auf dem Kopf; er starrte Eva unverhohlen an und sagte: »Moin, where do you come from?«

Eva fand das witzig und antwortete: »Guess!«

Uwe schaute seine Frau ratlos an: »Wo is dat denn nu?«

Eva wollte das Ganze nicht auf die Spitze treiben und antwortete schnell:

»Hallo, ich bin Eva, ich komme aus dem Westerwald.«

Uwe tippte zur Begrüßung mit dem Zeigefinger kurz an seine Kappe und wollte sich schon wieder zur Türe drehen.

»Du hast doch noch ein altes Handy. Eva hat ihrs im Zug liegen gelassen …«

Uwe musterte Eva nun kritischer. »Nu, wenn dat Telefon keine Schnur mehr hat, passiert dat wohl, wenn man vergesslich ist. Silke hat neulich auch ihr elektrisches Buch im Café vergessen, hat sie aber wiederbekommen.«

Er ging zu einer Schublade und kramte ein Nokia 1100 hervor. Mit den Worten »Wiedersehen macht Freude« überreichte er es ihr.

Eva bedankte sich überschwänglich; Uwe nickte nur und ging hinaus in den Garten.

»Mädchen, Mädchen, wieso habe ich bloß das Gefühl, dass du etwas zu verbergen hast.«

Silke sah sie an, wie ihre Mutter sie manchmal angesehen hatte.

Schnell griff Eva nach Silkes Hand, drückte sie und flüsterte: »Ich bin so froh, dass ich dich getroffen habe!«

Silke tätschelte sie kurz und nahm einen tiefen Atemzug.

»Ich mag dich, Eva, weil du mich an meine Tochter Inken erinnerst, sonst hätte ich dich auch gar nicht eingeladen. Ich vermute, dass Inken einen schweren Fehler begangen hat, und ich habe die Befürchtung, dass du kurz davorstehst, ebenfalls einen schweren Fehler zu begehen.«

Eva wusste wirklich nicht, auf was Silke hinauswollte. Sie versuchte erneut einen Themenwechsel.

»Wenn der Ole Möller Polizist ist, wo finde ich den hier in Wacken?«

Silke ging zum Fenster, um die Jalousien ein wenig herunterzulassen. Sie zeigte auf ihre Topfpflanzen auf der Fensterbank.

»Die vertragen keine direkte Sonne. Ähm, wie lange hast du vor, hierzubleiben?«

»Ich würde gerne noch eine Nacht hierbleiben, möchte aber für die Übernachtungen mit Frühstück bezahlen. Bitte!«

»Kein Problem, junge Dame! 25 Euro mit Frühstück nehme ich.« Silke sprachs und begann auch schon mit dem Abräumen des Geschirrs.

Uih, sie kann auch zickig sein, dachte Eva und stand auf.

»Ich gehe jetzt eine Prepaidkarte besorgen und dann zur Polizeistation.«

An der Kasse fragte sie nach dem Weg zur Polizeistation. »Da müssen Sie zum Blauen Klaus«, bekam sie zur Antwort. Sie erfuhr, dass damit der blaue Polizei-Container gemeint war, der auf dem 270 Hektar großen Festivalgelände außerhalb des Ortes stand. Sogleich bekam sie einen Ortsplan in die Hand gedrückt und sie beschloss, erst einmal ein wenig herumzuspazieren und das Dorf Wacken auf sich wirken zu lassen. Am Landgasthof »Zur Post« wurde gerade ein Banner vom obersten Fenster aus befestigt, mit der Aufschrift »Freu dich, du bist in Wacken«. Hinter dem Banner tauchte ein Kopf mit Geheimratsecken und einem schwarzen Dutt auf. Es war Harry, der das Banner festzurrte. »Blümchen«, rief er, »warte, ich komme herunter.« Ach, jetzt bin ich also Blümchen, dachte Eva belustigt. Da bin ich neugierig, welche Namen er für mich noch auf Lager haben wird. Harry kam mit zwei Cola nach draußen spaziert und winkte sie zu einem Tisch. »Für dich«, sagte er und zeigte auf ein Glas.

»Tut mir leid, ich trinke keine Cola«, sagte Eva, schob das Glas in Richtung Harry und setzte sich an den Tisch.

»Hab ich aber spendiert.« Harry schob das Glas wieder in ihre Richtung, dabei ließ er sie nicht aus den Augen.

»Wir sollten vielleicht mal eine kleine Einkaufstour machen, damit du aus deinen bunten Klamotten herauskommst. Du machst dich ja hier lächerlich mit deinen

Pünktchen und Blümchen. Kann aber erst gegen Abend, muss gleich zum Festivalgelände, hab da noch einiges zu tun.«

Eva wusste nicht, ob sie lachen oder toben sollte. Sie entschied sich, entspannt zu bleiben. Während sie zwei tiefe Atemzüge nahm, hatte Harry auch das zweite Glas Cola ausgetrunken und fixierte sie weiterhin.

»Püppi, wie alt bist du eigentlich?«

»Schätz doch mal!«

»Na, so Mitte dreißig«, antwortete er.

»Gut geschätzt.« Sie schenkte Harry ihr schönstes Lächeln.

Harry wollte nun auch, dass sie sein Alter schätzen sollte, und Eva antwortete bereitwillig: »So um die fünfzig.« Zum Glück grinste sie dabei; Harry, der schon wütend aufspringen wollte, konnte sich gerade noch beherrschen.

»Späßchen«, meinte Eva.

»Selten dämlicher Humor«, war Harrys Antwort. Er blickte auf sein Handy, schnappte sich die leeren Gläser und stand vom Tisch auf.

»Ich muss aufs Festivalgelände. Bin übrigens achtunddreißig. Ich hol dich gegen 17 Uhr bei Silke ab.«

»Moment mal, ich habe jetzt wieder ein Handy, du kannst mich …«

Harry war im Landgasthof verschwunden. Eva beschloss, sich nicht mehr mit ihm zu beschäftigen, sondern sich um ihr eigenes Leben zu kümmern. Sie schlenderte Richtung Silo, das – schwarz gestrichen, mit dem Logo des brennenden Schädels – die roten Ziegelhäuser überragte. Sie hatte Jens immer noch nicht benachrichtigt. Es war Montag; die Konditorei hatte Ruhetag, Jens war sicher beim Einkaufen.

Sie scheute einfach die Konfrontation. Übernahm keine Verantwortung für das, was sie tat. Wenn sie sich bloß nicht von Jens' rhetorischen Fähigkeiten so einschüchtern lassen würde! Außerdem war es doch klar, dass er nicht jubeln würde, wenn sie so mir nichts, dir nichts aus dem Familienbetrieb verschwinden würde. Letztlich wäre es so einfach: sie müsste nur das Handy aus ihrer Tasche ziehen und seine Nummer eintippen. Dann seine ersten Emotionen aushalten, seinen Versprechungen widerstehen, die leisen Vorwürfe an sich abprallen lassen, dem Schwall von Fragen ausweichen, sich nicht von ihm auf irgendetwas festnageln lassen und dann selber reden.

Bevor sie aber die ersten Erklärungen abgeben würde, müsste sie ihren Atem kontrollieren, an die Baumübung wegen des festen Standes denken und klare, kurze Sätze formulieren. Ach ja, und diese klaren, kurzen Sätze wiederholen wie eine Schallplatte, die irgendwo festhakt. Hatte sie alles in dem Selbstbehauptungskurs gelernt.

Ein Hupen riss sie aus ihren Gedanken, scharfes Bremsen folgte, Reifen schubberten am Bürgersteigrand. Mit einer knappen Handbewegung befahl Harry sie zum Seitenfenster des Mustangs.

»Wollte dir nur sagen, der Ole Möller ist erst ab morgen im Blauen Klaus. Die Kollegen sind ziemlich sauer, dass der heute noch Urlaub bekommen hat. Bin um 17 Uhr bei Silke, dann fahren wir beide nach Itzehoe shoppen.«

»So wie du mit mir redest, ist Widerstand wohl sinnlos.«

»Yep« hörte sie noch, dann ging die Scheibe hoch und der Mustang brauste davon.

Sie hatte das Steuer wieder aus der Hand gegeben und sich von Harry überrumpeln lassen. Ihre Dozentin im

Selbstbehauptungskurs hatte sie gelehrt zu fragen »Who is driving the bus?«. Vielleicht sah es ja wirklich so aus, als ob sie Harry zu viel Macht über sich geben würde, aber sie hatte das Gefühl, dass er noch nützlich für sie sein könnte. Deswegen konnte sie es sich nicht mit ihm verscherzen. Sie musste wirklich nach Itzehoe, nicht so dringend wegen neuer Klamotten, sondern sie brauchte ein Smartphone. Mit diesem Nokia-Teil von Uwe konnte sie ja nur telefonieren!

Ihr Magen knurrte. Sie beschloss zum Landgasthof zurückzugehen, um dort eine Kleinigkeit zu essen. Überall bemerkte sie in den Vorgärten eine Geschäftigkeit, die gleichzeitig sehr entspannt wirkte. Die Einwohner bauten kleine Verkaufsstände auf, die Kinder halfen mit, indem sie an ihr Fahrrad kleine Karren spannten, um dann bei Nachbarn die Kleinigkeiten zu besorgen, die ihnen beim Aufbau fehlten. Es wurde sich gegenseitig geholfen, eine freudige Stimmung lag über allem, die Musik von Santiano unterstützte die Arbeitenden, es war kein Heavy Metal zu hören.

Die wenigen Tische, die vor dem Eingang vom Landgasthof standen, waren besetzt. Eva überlegte noch, ob sie sich woanders etwas zu essen besorgen sollte, als eine Frau mit Glatze ihr zuwinkte.

»Hallo, du bunte Frau, komm zu uns an den Tisch, wir rücken zusammen.«

Eva ging langsam auf den Tisch zu und wahrhaftig gab es noch eine kleine Ecke auf der Bank, wo sie gerade drauf passte.

»Sagt man nicht auch, bekannt wie ein bunter Hund? Schätze mal, bald wird das auch für mich zutreffen, wenn ich mir nicht andere Klamotten zulege«, meinte Eva mit schiefem Lächeln. Alle am Tisch fanden den Vergleich witzig und einer der Männer sagte, dass ihr Outfit für Wacken schon sehr eigen wäre, doch Wacken wäre schließlich das toleranteste Dorf Deutschlands. Nachdem Eva sich etwas bestellt hatte, verließen fünf Personen den Tisch und Eva war mit der Glatzenfrau alleine.

»Bist wohl zum ersten Mal hier, was?«

»Ja, aber ich bin nicht wegen dem Festival hier, sondern wegen was Familiärem.«

»Ach so, dann rennst du wohl immer so abgefahren rum.« Die Glatzenfrau schaute auf ihr Handy.

»Hab grad noch einmal eine Freundin daran erinnert, dass sie morgen unbedingt die Pipi-Pappe mitbringen muss, die ich vergessen habe. Hier in der Apotheke kostet die ja ein Vermögen.«

Eva lachte verlegen. »Tut mir leid, da kenne ich mich nicht mit aus.«

»Für Frauen das wichtigste Utensil auf einem Festival. Weißt du, wie ein Dixie-Klo schon nach einem Tag Festival ausschaut? Mit der Pipi-Pappe kannste im Stehen pinkeln, die schwebende Hocke ist damit passé.«

»Man lernt nie aus«, sagte Eva.

»Frau, wäre hier wohl angebrachter gewesen«, antwortete die Glatzenfrau.

»Wie bitte?«

»Noch nie was vom Gendern gehört?«

»Ach so war das gemeint.« Eva versuchte ihren Fauxpas wegzulächeln. Die Glatzenfrau schien das nicht zu beeindrucken.

»Natürlich habe ich davon gehört, doch ich komme aus dem Westerwald. Das wird sich dort nicht durchsetzen.«

»Okay, dann muss frau vielleicht ein wenig nachhelfen …«

Eva wollte weder nachfragen noch darüber nachdenken, was die Glatzenfrau wohl mit nachhelfen meinen könnte. Deswegen versuchte sie es mit einem versöhnlichen Konter:

»Wir sind hier ja im tolerantesten Dorf Deutschlands, wie ich eben gehört habe. Also, was solls.«

Die Glatzenfrau lachte auf; ein wenig hämisch wie Eva fand. Dann zuckte sie mit ihren Schultern und entschied sich wohl für Diplomatie: »Wenn du das sagst …«

In dem Moment wurde Evas Currywurst mit Fritten an den Tisch gebracht und sie konnte sich dem Essen widmen. Beiden Frauen waren die Themen ausgegangen. Eva suchte nach etwas Freundlichem, was sie ihrem Gegenüber sagen konnte.

»Die Glatze steht dir echt gut.«

»Danke, sag das mal meinem Onkologen.«

Scheiße, dachte Eva, ich lass auch kein Fettnäpfchen aus.

»Tut mir leid, ich wollte dich nicht verletzen, eher das Gegenteil.«

»Ist schon okay. Ich find es in meiner Situation ziemlich nice, dass die Metal-Frauen sich auch gerne die Haare abrasieren; da denkt man nicht automatisch an eine fuckin' Krankheit.«

Eva nickte nur. Die Kellnerin fragte, ob sie noch irgendwelche Wünsche hätte.

Zum ersten Mal, seit sie diese Reise angetreten hatte, wollte sie sagen: »Ach, bringt mich doch einfach wieder nach Hause.« Stattdessen bezahlte sie, schenkte der Glatzenfrau zum Abschied ein freundliches Lächeln und tippte auf dem Weg zu Silkes Haus die Nummer von Jens in ihr

Handy. Sie hörte ein zögerliches Ja, gesprochen mit vielen Fragezeichen.

»Ich bin's Jens. Mach dir keine Sorgen, mir geht's gut. Ich habe hier ein paar Dinge zu erledigen. Bis dann.«

Sie ließ ihm keine Gelegenheit, Fragen zu stellen. Nach dem Anruf nahm sie sofort die Sim-Karte aus dem Handy, ging schnellen Schrittes auf Silkes Haus zu und murmelte: »Puh, geschafft!«

# 4 Silke

Silke stand in ihrem Vorgarten und schnitt verblühte Rosen ab. Sie schien sich zu freuen, als sie hörte, dass aus Evas Treffen mit Ole nichts geworden war.

»Komm, wir machen draußen im Schatten ein Kaffeestündchen. Uwe hilft dem Nachbarn beim Aufbau des Getränkestandes, der hat jetzt keine Zeit.«

Sie führte Eva ums Haus herum zu einem Apfelbaum, unter dem ein Tischchen mit zwei Korbstühlen stand.

»Setz dich dorthin, dann kannst du in den Garten sehen«, sagte Silke und zeigte auf einen der Korbsessel.

»Wunderschöne Sessel hast du, da liebe Silke, die passen ganz hervorragend zu der romantischen Stimmung in deinem Rosengarten.«

»Die hat mir Uwe zum zehnjährigen Hochzeitstag geschenkt«, bemerkte Silke.

Eva reagierte zuerst nicht. Sie schenkte sich etwas Wasser aus der Glaskaraffe ein und hob plötzlich den Kopf.

»Mensch Silke, was hast du eben gesagt? Zehnter Hochzeitstag? Wie muss ich das denn verstehen?«

»So wie ich es gesagt habe; Uwe und ich haben vor zehn Jahren geheiratet.«

Silke bediente Eva mit Gebäck und Kaffee.

»Soll vorkommen, dass Menschen zwei Mal heiraten in ihrem Leben.«

»Entschuldigung, irgendwie konnte ich mir das vielleicht nicht bei dir vorstellen. Ist dein erster Mann verstorben?«

Silke schüttelte den Kopf.

»Nee, ich bin geschieden und habe mir dann Uwe ausgesucht.«

»Ach so«, sagte Eva nur und überlegte, ob sie sich trauen sollte, weiterzufragen.

»Mir liegt da eine Frage auf der Zunge, ich weiß aber nicht, ob du die ungehörig findest.«

»Solange du mich nicht zwingst zu antworten, kannst du mich alles fragen.«

»Na gut. Was hat denn Uwe, was dein erster Mann nicht hatte?«

»Er schlägt mich nicht.«

»Oh nein!«, rief Eva und klappte auf ihrem Sessel wie ein Taschenmesser mit ihrem Oberkörper nach unten.

Sie spürte Silkes Hand auf ihrem Rücken. Dann die leise Frage: »Mädchen, was habe ich denn bei dir ausgelöst?«

Eva kam langsam wieder hoch, ihre Wangen waren gerötet.

»Ich schäme mich für mein Nachbohren und gleichzeitig bin ich absolut verblüfft über deine Offenheit.«

»Na ja, ich kann ja nicht Teile meines Lebens verleugnen. Ich habe es schließlich auch lang genug zugelassen. Und dann habe ich noch etwas gelernt: Worte verschlucken, die man eigentlich sagen will, die rauswollen, die man aber beschämt bei sich behält, das ist nicht gut, das tut einem nicht gut.«

Eva fühlte sich den eindringlichen Blicken Silkes ausgesetzt.

»Dann sag mir doch gleich, was du heute früh meintest, als du angedeutet hast, dass der Kontakt zu Ole Möller mich in Schwierigkeiten bringen könnte.«

Über Silkes Gesicht huschte ein feines Lächeln. Sie hielt ihre grauen halblangen Haare seitlich mit einer Spange fest und als ob es ihr beim Überlegen helfen würde, löste sie diese kurz, um sie dann gleich wieder zu schließen. Sie griff nach der Kaffeetasse, nahm einen Schluck und sagte für Eva vollkommen unvermittelt: »Wenn es nicht erst früher Nachmittag wäre, würde ich gern mit dir einen Schnaps trinken.«

Eva lachte erstaunt. »Was muss ich machen, damit du auch ohne Drogen sprichst?«

»Ehrlich antworten. Bist du in Ole verliebt?«

»Nein, Silke! Ich kenne ihn doch gar nicht! Er könnte eventuell mein Halbbruder sein, den ich im Internet gefunden habe.«

»Halbbruder? Kann ich mir nur ganz schwer vorstellen. Ich kenne die Eltern von Ole mein Leben lang, da gab es nie andere Partner.«

»Du hast also immer bei denen auf der Bettkante gesessen?«

Eva war bemüht, die Ironie aus ihrer Stimme herauszunehmen.

»Ähm«, Silke erhob sich aus ihrem Sessel. »Nun muss ich aber doch mal eben in die Küche.«

Als sie wieder im Garten erschien, stellte sie eine Flasche mit zwei Likörgläsern auf den Tisch.

»Wer Sorgen hat, hat auch Likör«, sagte meine Mutter immer. »Ist aber eigentlich von Wilhelm Busch. Schwarze Johannisbeere, selbstgemacht, wir trinken einen und dann erklär ich dir meine ursprünglichen Befürchtungen.«

Eva mochte nun nicht mehr nein sagen, sie nippte am Glas und schaute Silke erwartungsvoll an.

»Meine Tochter Inken hat Christian Möller geheiratet, einen Cousin von Ole. Ole ist mit Inga verheiratet. Er ist ein Frauenheld und kann nicht treu sein. Deswegen habe ich gedacht, dass du vielleicht eine neue Flamme von Ole bist. Leute aus Wacken haben mir zugetragen, dass sie meine Inken mit Ole Arm in Arm in Kiel gesehen haben. Beide Paare sind kinderlos, Inken ist mit ihrem Mann in einer Kinderwunschbehandlung. Das passt doch alles irgendwie nicht zusammen!«

Silke goss sich noch einen zweiten Likör ein und schaute Eva verzweifelt an.

»Und dann kommst du und erzählst mir etwas von einem Halbbruder. Peter, der Vater von Ole, ist schon ein paar Jahre tot und das Mariechen, Oles Mutter ... nee, das kann ich mir nicht vorstellen. Jetzt musst du mir etwas erklären!«

»Oje«, seufzte Eva, »das menschelt ja ordentlich! Da kann ich noch einen draufsetzen: Ich habe nach dem Tod meines vermeintlichen Vaters erfahren, dass ich durch eine Samenspende entstanden bin. Diese Tatsache hat mir so ziemlich den Boden unter den Füßen weggezogen. Ich bin dann an ein Forum für Samenspenderkinder geraten, die haben alle einen DNA-Test gemacht, um darüber eventuelle Verwandte zu finden. Ich habe auch diesen Test gemacht und so habe ich erfahren, dass Ole mit mir verwandt ist, und zwar ersten Ranges. Er muss zwangsläufig ebenfalls diesen Test gemacht haben. Ich hoffe, dass ich ihn morgen treffen werde, und ich gehe davon aus, dass wir den gleichen Spendervater haben.«

»Mein Gott, das ist ja wie im Science-Fiction-Film«, sagte

Silke nachdenklich. »Und du hast jetzt gedanklich an deinem Samenspendervater einen Narren gefressen und zollst dem Mann, der dich großgezogen hat, gar keinen Respekt mehr? Hast du den nie gemocht?«

Eva war sprachlos.

»Äh, was heißt hier gedanklich einen Narren gefressen? Ich möchte einfach wissen, welche Anteile ich von ihm habe.«

Eva verspürte keine Lust, mit Silke über ihren Ziehvater zu sprechen.

»Ist schon gut, geht mich ja auch gar nichts an. Da siehst du mal, was ich für eine Hinterwäldlerin bin. Ich hätte nicht gedacht, dass es so lange schon Samenspenderkinder gibt. Natürlich weiß ich Bescheid, wie diese Prozedur läuft ...« Silke lächelte. Schnell wurde sie aber wieder ernst.

»Aber was ich nicht kapiert habe, ist die Sache mit dem DNA-Test. Wie kann man denn damit Verwandte finden?«

»Ganz einfach: Du suchst dir zuerst einmal einen Anbieter für DNA-Tests aus und schickst deine Speichelprobe ein. Das machen mittlerweile viele Menschen, aber vor allen Dingen diejenigen, die Menschen suchen, die mit ihnen verwandt sind. Über den Testanbieter kannst du dann mit dem gefundenen Menschen in Kontakt treten.«

»Du hast doch keine Ahnung, was der Ole für ein Mensch ist ... Und da lässt dich dein Mann einfach alleine losfahren, um Ole zu treffen?«

Eva hatte keine Zeit mehr, nach einer Antwort zu suchen, die Silkes Weltbild nicht noch mehr durcheinanderbringen würde, denn plötzlich stand Harry im Garten. Er tippte auf seine Armbanduhr und meinte vorwurfsvoll: »Ja, wie jetzt, Likörchen trinken, wir sind verabredet, is 17 Uhr!«

# 5  Ole

Eva mochte die Augen nicht öffnen. Sie wollte diesem besonderen Moment der vergangenen Nacht nachspüren, ihn festhalten. Nach Jahren hatte sie ihn wieder geträumt, ihren Kindertraum. Doch mit dem langsamen Wachwerden, das sie, so gut sie es vermochte, versuchte hinauszuzögern, war das Tor zu ihrem Traum wieder verschlossen. Woher kamen die Klopfgeräusche? Jemand rief ihren Namen: Eva, Eva.

»Was ist los?« Das war ihre Stimme. Ihre Lider hoben sich schwerfällig. Silkes Gästebett. Die Zimmertür war einen Spalt geöffnet.

»Eva, da unten steht der Harry, es ist halb zehn, der will dich zum Blauen Klaus bringen.«

»Ach Scheiße, nein! Sag ihm, dass es mir nicht gut geht. Ich komme da schon irgendwie selber hin.«

»Alles klar«, flüsterte Silke und zog die Türe zu.

Eva ließ sich zurück ins Bett fallen. Mann, dieser Harry, sie wusste wirklich nicht, was sie von dem halten sollte. Mal gab er den ganz Harten und kommandierte sie rum, als ob sie seine Leibeigene wäre – wobei sie da nicht ganz unschuldig war, hatte sie ihn doch von Anfang an nicht in seine Schranken verwiesen. Auf der anderen Seite hingen an seinem Rucksack gefühlt zwanzig Stofftiere und wenn sie ihn deswegen ein bisschen aufzog, hatte er gleich Tränen in den Augen. Ein echtes Chicken eben. Spontan konnte er aber auch sein: wie gestern Abend, wo er sie über den Zaun vom Freibad gehoben hatte und sie sich wahrhaftig getraut hatte, in Höschen und BH schwimmen zu gehen. Er war ihr gegenüber völlig korrekt geblieben, aber wieso tauchte er ohne Verabredung hier auf?

Eva kroch aus dem Bett, sah ihre Einkaufstüten und überlegte, was sie anziehen sollte. Harry hatte gestern versucht, ihr schwarze Klamotten aufzudrängen. Er gab erst auf, als sie ihm klarmachte, dass sie schwarz nur auf Beerdigungen anzieht und sie dazu im vergangenen Jahr zu oft gezwungen war, dies zu tun. Sie hatte genialerweise eine Wendejeans gekauft und entschied sich für die Seite mit dem Blumendruck, dazu ein schlichtes T-Shirt. Der wichtigste Kauf war allerdings das neue Smartphone, denn ihr altes war natürlich nicht im Fundbüro der DB abgegeben worden.

Silke bereitete in der Küche das Mittagessen vor. Sie trocknete sich die Hände an ihrer Schürze ab und setzte sich zu Eva, die einen Schluck Kaffee nahm und sich ein Brötchen für unterwegs schmierte.

»Eva, ich fahr morgen zu meiner Schwester nach Husum …«

»Kein Problem, ich will heute nur noch Ole treffen, dann bin ich morgen auch weg.«

»Dein Mann wird sicher froh sein …«

Eva fragte sich, warum Silke sie so eindringlich anschaute. Das würde sie jetzt ignorieren. Sie musste weg.

»Wir sehen uns am Nachmittag. Ich werde dir alles erzählen, versprochen.«

Eva stand so hektisch auf, dass der Stuhl umfiel. Sie blieb an der hochstehenden Kante des Teppichs hängen und fand sich plötzlich – auf dem Bauch liegend – neben ihrem geschmierten Brötchen wieder.

»Ein gefallenes Mädchen«, meinte Silke ungerührt, als suche sie einen Titel für eines ihrer Aquarellbilder. Als Eva sich aufrappelte und ihr Brötchen unter dem Tisch wegholte, stand sie immer noch da; mit verschränkten Armen blickte sie auf die Szenerie.

»Fallen ist keine Schande, sondern liegenbleiben«, antwortete Eva der verdutzten Silke, während sie ihr Brötchen in eine Serviette wickelte und aus dem Haus eilte.

Unterkunft mit Familienanschluss hat so seine Tücken, dachte sie, als sie über die Hauptstraße in Wacken zu dem Shuttle-Haltepunkt lief. Das Dorf hatte sich merklich gefüllt. Die Stände, die noch dazugekommen waren, sahen sehr professionell aus. Ob die wirklich alle von Einheimischen waren? Sie hatte Glück, dass sie nicht lange warten musste, und stieg mit zahlreichen Festivalbesuchern in den Bus. Die meisten trugen T-Shirts, auf denen ihre Lieblingsband abgebildet war. Eva las *Sabaton, Sisters of Mercy, Uriah Heep, Eisbrecher* und viele mehr, von denen sie nicht eine Band kannte. Zwei Frauen unterhielten sich darüber, dass für den morgigen Mittwoch Gewitter angesagt seien, dann würde das Festivalgelände schon am ersten Tag zur Schlammpiste. Die eine fragte ihre Freundin, ob sie genügend Kleidertüten hätte, um ihr eventuell welche zu leihen.

»Entschuldigung, darf ich mal fragen, wozu Sie die benötigen?«, fragte Eva die Frau.

»Man befestigt die Tüten mit den Klamotten oben weit

weg vom Zeltboden, damit die ganzen Sachen nicht nass werden.«

Die andere meinte nur: »Pennst wohl im Hotel, wie?«

Ehe Eva antworten konnte, war der Bus am Festivalgelände angekommen und alle stürmten nach draußen. Eva konnte den blauen Polizei-Container schon von weitem sehen; eine Menschenmenge hatte sich davor versammelt. Beim Näherkommen sah sie dann diesen Typen, klapperdürr und riesig stand er auf einer Kiste und überragte sämtliche Zuhörer. Über seiner durchlöcherten kurzen Haremshose trug er ein schmuddeliges Shirt mit der Aufschrift »*Ist da Gott?*«.

»Habt ihr nicht auch diese Fragen, wenn ihr euch wieder selbst niedermacht, anstatt eure Herrlichkeit zu sehen?«, rief er ins Publikum.

»Ich sehe nur meine Fraulichkeit«, antwortete ein Mädchen mit langen blonden Zöpfen und öffnete im gleichen Moment ihr schwarzes Bikinioberteil, um ihre Brüste zur Schau zu stellen. Gegröle und Klatschen war die Antwort der Menge, wogegen sich Eva leicht geschockt versuchte, an ihr vorbeizuschlängeln, um den Eingang zum Blauen Klaus zu erreichen. Dann blieb sie ruckartig stehen, weil sie hörte, wie der Typ zu deklamieren begann.

»An Gott«, schrie er und rang dabei die Hände zum Himmel. Dann ging es sehr leise weiter.

»... dass an Gott geglaubt einstens er habe, fürwahr er das könne nicht sagen, es sei einfach gewesen Gott da.«

Seine Stimme erhob sich zu einer Klage.

»... und dann nicht mehr gewesen Gott da und dazwischen sei gar nichts mehr gewesen ...«

Dann tauchte dieser Polizist auf, in seiner schwarzen

Uniform, und rief der Menge zu: »Das kommt alles von Drogen …«

Und Eva plötzlich, viel lauter, als sie es eigentlich wollte: »Ne, von Ernst Jandl …«

Alle Köpfe flogen herum, noch nie zuvor hatten sie so viele Augenpaare angestarrt, selbst der klapperdürre Mann stand auf seiner Kiste wie stummgeschaltet. Eva zog ihre Schultern hoch und erklärte der Menge fast entschuldigend: »Hatte ich damals im Abitur …« Dann kam der Polizist näher. Eva sah den Namen auf der Uniform des Polizisten. »Hallo Ole«, sagte sie zaghaft. Dann mit fester Stimme: »Ich bin's, Eva.«

Ole schaute kurz in den Himmel, als ob er von oben Beistand erwartete, nahm seine Polizeikappe ab, strich über seine strohblonden Stoppelhaare, setzte die Kappe wieder auf und griff ihren Arm.

»Sie sind verhaftet, junge Frau, sprechen wir drinnen mal über Ernst Jandl.« Unter dem Protestgeschrei der Festivalbesucher ließ sich Eva in den Container ziehen. Dort saß ein anderer Kollege am Rechner und schaute erstaunt zu, wie Ole sie in die Arrestzelle zerrte. Hier dann ließ er sie endlich los und sagte leise, wobei Eva seine unterdrückte Wut sehr wohl spürte: »Was soll das?! Ich habe heute null Bock auf Überraschungen, so einen Besuch spricht man doch ab. Wie hättest du das denn gefunden, wenn ich bei dir plötzlich aufgetaucht wäre?«

»Schön«. Es war nur ein Hauch, wie Eva dieses Wort aussprach, sie spürte, wie ihr die Tränen in die Augen schossen, sie spürte Enttäuschung, Kränkung und Wut. Drüber nachdenken, was da eigentlich schiefgelaufen war, konnte sie später.

Ole tippte ungeduldig mit seiner Fußspitze auf den Boden.

»Ich hab's kapiert, dass die Überraschung wohl schief-gegangen ist, trotzdem find ich's schade, dass unser erstes Treffen so endet.« Sie floh fast aus der Arrestzelle, hörte aber noch, wie Ole rief: »Schöne Zahnlücke. Und wer ist überhaupt dieser Ernst Jandl?«

Als sie draußen war, ließ sie ihren Tränen freien Lauf. Um diesen Menschen zu sehen, hatte sie so viel riskiert, war einfach abgehauen, nur um sich jetzt abservieren zu lassen. Wie gemein!

Unglücklicherweise musste sie Harrys Kumpel über den Weg laufen, der leider keine Fähigkeit mitbrachte, sie ohne großes Aufsehen zu beruhigen.

»Wer hat dir was getan? Welchem Arschloch muss ich in die Fresse hauen?«, rief er so laut, dass es jeder in der Um-gebung mitkriegte.

»Du musst gar nichts«, rief sie genervt, »du hast doch mit mir gar nichts zu tun.«

Der Kumpel schaute sie auf einmal ganz merkwürdig an und sagte: »Das weißt du doch gar nicht, was ich mit dir zu tun habe.«

Sie wollte nur noch schnell weg von diesem Typ und nahm den Weg Richtung Shuttle.

Aber es ging noch schlimmer: Sie war noch nicht einmal dazu gekommen, sich die Tränen abzuwischen, als die Bür-germeisterin von Nettelbach plötzlich vor ihr stand. Wie von Zauberhand vor Eva hingestellt, tat sie ganz selbstsi-cher in ihrem Uriah-Heep-Shirt, an der Hand nicht ihren angetrauten Ehemann, sondern einen Jüngling, der sicher ihr Sohn hätte sein können. Eva stotterte: »Äh ja, ich … hallo Frau Schick-Bössel.«

»Hier duzen wir uns doch alle, liebe Eva. Ich bin für dich die Ulla.«

Eva überlegte fieberhaft, wie diese Kommunikation weitergehen könnte.

»Tja, ich müsste wohl etwas klarstellen, also dieser Typ …«

»Nicht im Geringsten, liebe Eva, ich gehe mal davon aus, dass wir beide doch das größte Interesse daran haben, dass die Nettelbacher – und ich meine damit alle Nettelbacher – nichts von unserem Ausflug nach Wacken erfahren. Nicht wahr?«

Frau Ulla Schick-Bössel war sich anscheinend ihrer Sache so sicher, dass sie noch nicht einmal die Reaktion von Eva abwartete, sondern sich sofort umdrehte und mit ihrem Jüngling davonschlenderte.

Eva stöhnte auf: »Ich möchte, dass dieser Tag sofort zu Ende geht.«

»Fromme Wünsche sind das, Eva«, sagte Harrys Kumpel, der plötzlich wieder neben ihr stand. Er schaute auf sein Handy. »Es ist Mittagsstunde, 13 Uhr. Soll ich dich nach Hause begleiten? Ich möchte dich wieder lachen sehen.« Irritiert schaute Eva ihn an. Diese stechenden Augen.

»Wie heißt du eigentlich?«

»Hast du etwa meinen Namen vergessen?«

»Sorry, ja.«

»Da sollten wir einmal drüber reden.«

»Klar gerne, aber ein anderes Mal.«

Eva wollte nur weg von dem Typ. Weg von Ole und weg von Wacken.

Im Shuttle begann sie wieder zu weinen.

# 6 Family affairs

Eva schloss vorsichtig die Haustüre auf. Jetzt bloß nicht Silke begegnen, dachte sie. Schon als Kind hatte man ihr noch lange, nachdem Tränen geflossen waren, ansehen können, dass sie geweint hatte. Das ganze Gesicht voller roter Flecken! Früher war sie heimlich zu Frau Osters gegangen, die hatte sie Filme sehen lassen, von denen ihre Eltern glaubten, sie sei noch zu jung dafür. Fakt war, dass sie meistens emotional so mitgenommen war, dass sie weinen musste und Frau Osters alle Mühe hatte, ihre roten Flecken im Gesicht mit nassen Umschlägen zu eliminieren. Daran dachte sie, als sie vorsichtig die knarzende Treppe hinaufstieg. Im Gästezimmer wusch sie ihr Gesicht mit eiskaltem Wasser und trug anschließend eine getönte Tagescreme auf. Sie trat ans Fenster und blickte hinunter in den Garten. Erschrocken machte sie einen Schritt zurück. Unten saß Silke in ihrem hübschen Korbsessel und weinte, wie sie eben geweint hatte. Schockiert überlegte sie, wie sie reagieren sollte. Silke war lebensklug und emotional gefestigt, was sollte sie so getroffen haben? Ach, es nützte nichts, sie musste hinunter zu ihr! Nun nahm sie zwei Stufen gleichzeitig, lief aus der Haustür heraus und seitlich am Haus vorbei in den Garten. Silke nahm sie erst wahr, als Eva vor ihr im Gras kniete und ihre Hand nahm.

»Inken ist schwanger«, schluchzte sie.

»Aber das wollte sie doch, oder?«

»Sie sollte von ihrem Mann schwanger sein und nicht von Ole«, platzte es so laut aus Silke heraus, dass sie sich danach gleich die Hand vor den Mund hielt und nach rechts und links schaute, ob eventuell Nachbarn in der Nähe waren.

»Uih, deswegen hat Ole mich eben abblitzen lassen; der hat jetzt wirklich andere Probleme, als seine plötzlich auftauchende Halbschwester in sein Leben zu lassen.«

»Tut mir auch wirklich leid für dich, Eva, aber ich kann jetzt nur daran denken, wie es für meine Tochter weitergehen wird.«

Aus der Küche hörte man das Telefon. Silke erhob sich und schlurfte ins Haus. Wo ist bloß ihre Dynamik hin?, fragte sich Eva. Vielleicht sollte ich packen und noch am heutigen Tag nach Hause fahren, überlegte sie. Mit Hilfe ihres Smartphones wollte sie nach geeigneten Zugverbindungen schauen. Dann sah sie, dass es zwei Mitteilungen von ihrer DNA-Datenbank gab. Aufgeregt wischte sie sich von Seite zu Seite. Da stand es! Irgendwo hatte eine Halbschwester einen Test wie sie gemacht und war ihr zugeordnet worden. Es war ihr fast unheimlich, dass sie nur wenige Tage nachdem ihr Ole zugeordnet worden war, von einer Schwester Kenntnis nehmen musste, die Tanja hieß. Ihr wurde ganz heiß. Ihr Leben lang war sie ein Einzelkind und nun tauchten alle paar Tage Menschen auf, die ihre Halbgeschwister waren. Wo sollte das noch enden? Sie spürte nicht nur Freude, sondern auch Überforderung. Doch natürlich schrieb sie Tanja und stellte sich mit einer kurzen freundlichen E-Mail vor.

Silke kam wieder in den Garten.

»Das passt mir gar nicht«, sagte sie und schüttelte den Kopf. »Mariechen, die Mutter von Ole, will heute noch zu mir kommen, weil sie etwas zu besprechen hat, das nur persönlich zu besprechen geht. Ich wollte doch noch meine sieben Sachen zusammenpacken.«

»Ja, dann lass ich dich jetzt in Ruhe und geh nach oben. Ich muss nämlich meine Zugverbindungen buchen.«

Im Gästezimmer kuschelte sie sich in die Couchecke, telefonierte kurz mit Harry, um ihm von ihrer unerfreulichen Begegnung mit Ole zu berichten. Das merkwürdige Verhalten seines Kumpels erwähnte sie nicht. Dann tat sie erst einmal gar nichts. Irgendwann, als sie schon in einem Bewusstseinszustand zwischen Wachsein und Schlaf geraten war, hörte sie Stimmen aus dem Garten. Neugierig ging sie ans geöffnete Fenster. Eine Frau, klein und pummelig, stand in einem blau-weißen Sommerkleid vor Silke und schüttelte ihr die Hände und drückte sie fest an sich.

»Mariechen, wir beide müssen uns immer sagen, davon geiht de Welt nich ünner«, tröstete Silke zum Abschied. Mariechen ging Richtung Gartentor, drehte sich zu Silke und legte ihren Zeigefinger auf die Lippen. Silke nickte zustimmend. Family affairs eben, die wohl nicht nach außen dringen sollten.

Eva überlegte, was sie Ole zum Abschied schreiben könnte, da hörte sie ein zaghaftes Klopfen.

»Ach Eva, in meinem Kopf dreht sich alles, vor lauter Sodom und Gomorrha kann ich nicht mehr klar denken. Mariechen hat jetzt noch einen draufgesetzt. Dabei ist mir klar geworden, dass es auch wichtige Informationen für dich gibt.«

Eva stand unschlüssig an der halb geöffneten Zimmertür.

»Sodom und Gomorrha«, wiederholte sie. »Was hab ich denn damit zu tun?«

»'tschuldigung, dumm von mir, so etwas zu sagen. Komm nach unten, auf dem Tisch steht ein Gemisch aus Nachmittagskaffee und Abendbrot, du hast doch sicher noch nichts gegessen.«

»Na gut, dann bezahle ich auch gleich für die Übernachtungen.«

»Meinetwegen«, brummelte Silke und drehte sich schon zur Treppe.

Unten saß Silkes Mann Uwe am Tisch und schmierte sich ein Leberwurstbrot.

»Ach, Sie sind's, die aus Guess«, sagte er und griff sich noch zwei Stück Streuselkuchen, packte die in eine Serviette und meinte zu seiner Frau: »Ein Stück nehm ich für Heini mit, Frauke kriegt ja wieder nichts gebacken.«

»Im wahrsten Sinne des Wortes«, sagte Silke schmunzelnd.

»Haben Sie vielleicht Interesse an einer James-Last-LP?«, fragte Eva den überraschten Uwe.

»Wie kommen Sie da nun drauf?«

»Bevor ich hierhergefahren bin, war ich auf einem Klassentreffen und dort habe ich die LP gewonnen; ich besitze aber keinen Plattenspieler.«

»Ja, wenn das so ist …«

Eva lief nach oben und holte dem erfreuten Uwe die Platte. Der bedankte sich und sagte noch: »Er is ja leider schon tot, da kommt ja nix mehr an Platten.«

Er legte die Platte ins Regal, nahm seinen Proviant und verschwand.

»So, jetzt bin ich gespannt, aber vorher die Formalitäten«,

sagte Eva und schob ihr fünfundsiebzig Euro für die Übernachtungen hin.

Sie bediente sich am Tee, belegte ihr Schwarzbrot mit Fleischsalat und schaute gespannt auf Silke.

Silkes Worte purzelten nur so aus ihr heraus.

»Ole ist nicht durch eine Samenspende entstanden, stell dir vor, er ist ein Kuckuckskind!«

»Wie ein Kuckuckskind? Ich verstehe gar nichts mehr.«

»Also Eva …!« Silke schüttelte den Kopf.

»Du willst mir doch nicht erzählen, dass du …«

»Natürlich weiß ich, was ein Kuckuckskind ist, aber wie kann dann Ole mein Halbbruder sein?«

Silke griff über den Tisch nach Evas Händen und zwang sie, ihr in die Augen zu schauen.

»Weil Oles Vater auch Samenspender gewesen sein muss.«

»Krass! Und wieso musste Oles Mama nun ausgerechnet heute zu dir kommen, um dir das zu erzählen?«

»Weil sie reinen Tisch machen wollte. Sie hatte gestern von Ole erfahren, dass Inken ein Kind von ihm erwartet; in dem Zusammenhang hat er ihr von dem DNA-Test erzählt und sie gefragt, wieso sie ihm nicht zumindest nach dem Tod ihres Mannes gebeichtet hat, dass er nicht sein Vater war. Sie hat ihm dann versichert, dass sie nicht gewusst hat, wer denn nun wirklich sein Vater war. Sie hat es einfach auf sich beruhen lassen, da ihr Mann nie Zweifel an seiner Vaterschaft geäußert hatte.«

»Puh, diese Neuigkeit muss ich erst einmal verdauen. Um das für mich richtig zu verstehen, heißt das ja, dass Mariechen, wenn sie eine Affäre mit dem Samenspender hatte, etwas über ihn wissen müsste.«

»Sie hat mir erzählt, dass sie damals, als sie schon verlobt war, zu ihrer Cousine ins Ruhrgebiet zum Polterabend gefahren ist. Peter, ihr Verlobter, war bei der Bundeswehr und konnte nicht mitfahren. Na ja und da ist es dann passiert.«

»Im Ruhrgebiet ist auch die Kinderwunschklinik, in der sich meine Mutter hat behandeln lassen«, sagte Eva.

Sie fühlte sich fast überwältigt von diesen neuen Informationen; wie sollte sie damit umgehen? Silke saß nur kopfschüttelnd auf ihrem Stuhl und wiederholte ständig: »Wer hätte das nur von Mariechen gedacht, mein Gott, nee!«

Dann zeigte sie auf Evas Handy: »Das Ding hat einen Ton gemacht …«

Es war die Antwort von Tanja Waginger, ihrer Halbschwester. Sie freute sich drauf, Eva kennenzulernen. Sie arbeitete und lebte in Burghausen, nahe der österreichischen Grenze. Wegen ihrer Arbeit und ihren Drillingen wäre sie nicht so flexibel, was das Reisen anginge, aber vielleicht hätte Eva Lust, sie zu besuchen.

»Drillinge! Meine Halbschwester hat Drillinge!«

»Die Ereignisse überschlagen sich also gerade«, fasste Silke in norddeutscher Ruhe die letzten Stunden zusammen.

»Eigentlich würde ich jetzt Mariechen am liebsten wegen meines Samenspenders interviewen. Meinst du, ich könnte …?«

»Um Gottes willen!«, rief Silke. »Ich habe ihr Stillschweigen versprochen.«

»Schon gut, schon gut, dann schau ich jetzt mal, ob ich morgen einen Flieger nach München bekomme.«

Eva hatte schon den Flur betreten, als Silke einen Schrei losließ. Erschrocken drehte sich Eva um. In der geöffneten

Terrassentür, die zum Garten ging, stand der Kumpel von Harry. Wie lange stand der schon da und hatte mitgehört?

»Klingel ging nicht«, sagte er.

Mit energischen Schritten versuchte Silke, ihn in den Garten zu drängen. Aber er hielt sich mit beiden Händen am Türrahmen fest. Hatte der Pranken!

»Man kann klopfen, Mike«, sagte Silke streng. Sie kannte seinen Namen.

Er aber fixierte Eva. Seine Pupillen waren riesengroß.

»Es ist etwas passiert, Eva, ich soll dich zu Harry bringen.«

»Warum ruft Harry mich nicht an?«

»Ich sag doch, es ist was passiert!«

Unsicher schaute Eva zu Silke; die schüttelte fast unmerklich ihren Kopf.

Sollte das jetzt eine leise Warnung sein? Aber wenn Harry wirklich in Not war. Sie hatten doch noch eben miteinander telefoniert. Sie fischte ihr Handy aus der Hosentasche und wählte Harrys Nummer; sein Handy war ausgeschaltet. Merkwürdig. Sie versuchte es noch einmal. Mike stand immer noch in der Tür und beobachtete sie. Plötzlich schnellte seine Hand nach vorne und griff ihr Handgelenk; ihr Handy fiel zu Boden. Blitzschnell bog er ihre Hand zum Rücken und die andere Hand umschloss ihren Hals. Eva schmeckte Blut, sie hatte sich auf die Zunge gebissen.

»Siehst du, kommst du nicht freiwillig, mach ich das einfach so.« Mike schob sie durch den Garten.

Während Eva röchelte und sie bemerkte, dass durch ihr verzweifeltes Schütteln des Kopfes der Klammergriff um ihren Hals noch enger wurde, dachte sie noch, warum hilft mir Silke eigentlich nicht, dann wurde sie bewusstlos.

Eva wusste hinterher nicht mehr, ob sie durch den fauligen Atem ihres Peinigers wach wurde oder ob sie es dem durchdringenden Geruch von Katzenpisse in dem Gefährt zu verdanken hatte, dass ihre Lebensgeister langsam zurückkehrten. Mike hatte sich zu ihr hinübergebeugt und starrte sie mit irren Augen an. Sein Kiefer mahlte unentwegt, als wolle er sie gleich verspeisen. Es war nicht Wasser, was auf sie heruntertropfte, sondern Schweiß. Sie wollte um sich schlagen, ihn wegdrängen, doch ihre rechte Hand war mit einer Handschelle am Türgriff der Beifahrertür fixiert. Sie war gefangen in einem verdreckten VW-Bus. Ehe sie sich einigermaßen sortieren konnte, bückte Mike sich in den Fußraum und setzte ihr ein schwarzes Kätzchen auf den Schoß. Es richtete sich an ihr auf und miaute kläglich.

»Schenk ich dir«, sagte Mike. »Wollte dir noch gesagt haben, ich könnte auch dein Samenspender sein.«

Oh Gott, da hatte einer aber etwas falsch verstanden! Ihr war speiübel.

Der Typ startete den Bus und fuhr knatternd los. Eva versuchte, sich zu orientieren. Sie hatten nur wenige Meter von Silkes Haus in einer Seitenstraße geparkt.

»Wohin fahren wir?«

»Wir machen einen kleinen Ausflug.«

Eva beobachtete ihren Entführer. Sie hatte das Gefühl, dass er kurz vorm Kollabieren war. Sein Kopf wackelte hin und her, er stöhnte, verkündete, dass ihm schlecht sei. Eva schrie ihn an, er solle sofort anhalten; sie habe nicht vor, mit ihm zu sterben. Er fing an zu kichern, gackerte wie ein wild gewordenes Huhn, lenkte den Wagen in Schlangenlinien, während Eva ihn mit ihrer freien Hand schlug und verzweifelt »anhalten« schrie. Der Wagen glitt haarscharf an einem Buswartehäuschen vorbei und landete im Graben.

»Ich muss was trinken, bevor wir uns vergnügen.«

Seine Lippen waren aufgesprungen.

Fieberhaft überlegte Eva, wie sie ihn überreden könnte, sie loszumachen.

»Okay, okay, aber ich muss erst einmal pinkeln.«

Eva bemerkte, wie es im Kopf von Mike ratterte.

»Echt jetzt?«

»Echt jetzt, was?«

»Musst du wirklich pinkeln?«

»Wenn wir hier noch lange diskutieren, passiert mir ein Malheur, das ist doch auch für dich nicht schön, oder?«

Eva versuchte ein zweideutiges Grinsen und zwinkerte ihm zu.

»Gib mir was zu trinken, du kleines Luder.«

»Wenn ich gepinkelt habe, laufe ich los und hole dir was.«

»Ich mein, ich kann ja auch dein Pipi trinken.«

»Wie krank bist du, Junge«, schrie Eva. »Mach mich endlich los.«

Erschrocken zog Mike einen winzigen Schlüssel aus der Hosentasche und befreite sie von der Handschelle. Eva rieb sich ihr Handgelenk.

»Ich geh dann mal hinter das Wartehäuschen.«

»Moment mal, ich komme mit.« Mike war an der Fahrerseite ausgestiegen, die Tür ließ er offen stehen, ging um den VW-Bus herum und öffnete die Beifahrertür. Als Erstes sprang die Katze hinaus.

»Die kommt schon wieder«, beruhigte Eva ihn.

Er bestand darauf, Eva beim Aussteigen zu helfen. Bloß nicht zeigen, wie mich das ekelt, von ihm angefasst zu werden, dachte sie. Hinter dem Wartehäuschen ging sie in die Hocke, ohne die Unterhose herunterzuziehen.

»Nu mach schon, Hose runter!«, rief er ihr zu.

»Kannst du pinkeln, wenn dir jemand zuguckt?«

Mike kratzte sich am Kopf. »Da sagst du was, das kann ich wirklich nicht. Ich muss jetzt erst einmal gucken, ob ich im Bus was zu trinken finde. Mir ist ganz anders. Ich muss jetzt sofort trinken.«

Er drehte sich um und verschwand im VW-Bus. Eva wusste, dass sie jetzt sprinten musste; trotz Schläppchen an den Füßen und einem Hügel hinter ihr.

Da näherte sich ohne Eile und ohne Martinshorn ein Polizeiauto. Eva war so überrascht, dass sie sich noch nicht einmal aus der Deckung traute. Das Polizeiauto hielt an, Ole und ein Kollege stiegen aus und in aller Ruhe schlenderten sie zum VW-Bus. Eva konnte noch sehen, dass Ole an der geöffneten Fahrertür einstieg, und dann hörte sie ihn rufen: »Nu kumm bloß mal un kiek. Da liegt der da in seiner Kotze.«

Der Kollege, der draußen stand, zuckte nur mit den Schultern: »Nu is dat widder so wiet de Pillentiet is dor. Un die Frau, wo is die hin?«

Eva traute sich trotz ihrer Erleichterung kaum zu rühren. Langsam schob sie sich an der Seitenwand des Wartehäuschens vorbei, bis die beiden Polizisten sie entdeckten.

»Da is sie ja«, sagte Ole. Mehr nicht. Und nach gefühlten Minuten: »Wie geit di dat?«

Das wichtigste Alleinstellungsmerkmal der norddeutschen Polizei scheint Unaufgeregtheit zu sein, dachte Eva und zeigte auf Mike.

»Ich glaube, ihr müsst euch mal um meinen Entführer kümmern.«

Ole und sein Kollege zogen sich bedächtig Einmalhandschuhe an, versuchten nicht mehr zu atmen, beförderten Mike in die stabile Seitenlage und gaben dem Rettungsdienst Bescheid. Eva setzte sich erschöpft auf die Rückbank des Polizeiautos. Nach ein paar Minuten kam Ole zu ihr.

»Hab ich das heute Mittag nicht schon gesagt?«

»Was?«

»Dass das alles von Drogen kommt.«

»Von welchen Drogen?«

Ole holte aus seiner Jackentasche einen Plastikbeutel mit zahlreichen weißen Pillen raus.

»Ecstasy, manche werden davon echt aggressiv. Schätze mal, dein Entführer hat sich davon zu viel eingeschmissen.«

Ole schaute Eva von der Seite an.

»Dein Hals ist ganz rot, jeden Moment kommt der Krankenwagen. Soll da mal ein Arzt draufschauen?«

»Meinetwegen«, sagte Eva. »Dann möchte ich ganz schnell zu Silke gebracht werden. Ich muss morgen früh nach München.«

»Da wird wohl nix von. Du musst morgen in den Blauen Klaus, wegen Zeugenaussage und Anzeige usw. Heute machen wir keinen Schreibkram mehr. Biste eigentlich noch sauer auf mich?«

»Ne, bin ich nicht. Du musst ja wohl erst einmal dein Privatleben sortieren.«

»Sortieren ist wohl der richtige Ausdruck.«

»Wieso hast du überhaupt einen DNA-Test gemacht?«

»Aus Neugier, Kollegen hatten mir davon erzählt. Wenn ich gewusst hätte, was da alles von wird …«

Ole seufzte tief und stieg aus dem Auto.

Ehrlicherweise hätte Eva am liebsten wieder geheult und

sie hätte auch Grund gehabt zu heulen. Nach diesem Tag! Sie wusste aber auch, wenn sie emotional in der Lage war, darüber nachzudenken, dass sie quasi ein Recht hatte zu weinen, könnte sie es auch sein lassen. Es gab doch zig andere Möglichkeiten, mit Enttäuschungen, Frust, Angst und Aufregung umzugehen. In deutschen Fernsehkrimis zum Beispiel mussten Polizistinnen bei Angst, Ärger und Aufregung immer auf die Toilette rennen und kotzen. Immer! Sie wartete auf den Tag, an dem Drehbuchschreiber oder Regisseure mal von einem Schauspieler, der einen Polizisten spielt, verlangen würden, dass er vor Angst ins Waschbecken kotzt. Kotzen war für sie jedenfalls auch keine Lösung.

Sie sah, dass Mike in den Rettungswagen hineingeschoben wurde.

Wenn Mike in seinem Drogenwahn noch länger zugedrückt hätte ... Sie fasste noch einmal an ihren Hals. Die Kette war bei dem Überfall heil geblieben. Hatte Fatimas Auge sie wirklich beschützt? Ihr wurde plötzlich bewusst, dass diese Entführung für sie auch wesentlich schlimmer hätte ausgehen können. Für einen Augenblick bekam sie ein schlechtes Gewissen, dass sie einfach abgehauen war und ihren Mann im Ungewissen ließ.

Ein Sanitäter kam, um sie zum Rettungswagen zu begleiten. Der Arzt vermutete einen Halsvenenwürgegriff, deswegen die schnelle Ohnmacht. Er wollte sie zur Beobachtung nach Itzehoe ins Krankenhaus bringen. Sie machte ihm klar, dass sie das auf keinen Fall wollte. Nachdem Ole hörte, dass sie okay war, nahm er sie in den Arm. Nur ganz kurz, aber immerhin. Um ihre nackten Beine strich das Kätzchen, schwarz, mit einem weißen Fleck auf der Stirn, und miaute.

# 7 Cora Sturm

An diesem Morgen, der den längst verloren geglaubten Beat in ihr Leben zurückbrachte, murmelte Cora Sturm resigniert: »Und wieder grüßt das Murmeltier.« Seit nunmehr vier Wochen wiederholte sie an jedem bescheidenen Tag das von ihrer Therapeutin so hochgepriesene Karfreitagsritual. Sie könne sich nur noch zwischen weinen und saufen entscheiden, hatte sie ihrer Therapeutin erzählt. Den ganzen Tag saufen hätte sie allerdings schon hinter sich und sie sei kaum mehr in der Lage, ihre Detektei zu führen. Neben dem Kummer um ihre große Liebe Tatjana, die mit ihrer neuen Freundin nach Mallorca abgehauen war, quälten sie nun auch Existenzängste. Sie solle das Weinen auf eine Stunde am Tag beschränken, war der Vorschlag der Therapeutin. Aber dann richtig, mit Rollos runter, Handy aus und emotionaler Musik; es müsse eben ein richtiges Karfreitagsfeeling inszeniert werden. Inszenieren konnte Cora gut, genauso wie sie ein Faible für Dramen hatte. Vielleicht liebte sie deswegen Opern und ihre Arbeit in der Detektei.

Mittlerweile schaffte sie es, nur zehn Minuten am Stück zu weinen; also richtig, mit Tränen und so; die restliche Zeit konnte man sie wehklagen, schimpfen und fluchen hören. Dabei liefen in Dauerschleife die Arien »Der Hölle

Rache kocht in meinem Herzen«, »Un bel di vedremo« aus Madame Butterfly, die hofft, dass eines schönen Tages ihre Liebe zu ihr zurückkehren wird, und »L'amour est un oiseau rebelle«. Bei der letzten Arie hatte sie sich für die französischsprachige Version entschieden, weil sie nicht hören wollte, dass die Liebe vom Zigeuner stammt.

Cora war gerade aus der Dusche gekommen, hatte ihren Körper in einen Kimono gehüllt und ihre roten Haare trocken gerubbelt. Sie blickte in den Spiegel; auch die zahlreichen Sommersprossen schafften es nicht, eine Spur Fröhlichkeit in ihr Gesicht zu zaubern. Na ja, wenigstens ließ der Sidecut auf der rechten Seite sie etwas cooler aussehen. Ihr Versuch, sich wieder mit sich selbst anzufreunden, wurde jäh gestört. Die Haustürklingel meldete sich. Zuerst heiser, dann schrill; heiser, schrill, immer abwechselnd. Sie blieb ungerührt vor ihrem Spiegel stehen, streckte allen Nervtötern, die an diesem Tag noch kommen würden, ihre Zunge heraus und nahm sich vor, mit der Klingel genauso umzugehen, wie mit den ungeöffneten Briefen, die auf ihrem Schreibtisch lagen: ignorieren!

Allerdings machten ungeöffnete Briefe erst einmal keinen Lärm, im Gegensatz zu ihrer Klingel, deren Dissonanz ihr schon nach kurzer Zeit derart auf die Nerven ging, dass sie doch ans Fenster eilte, um den Störenfried so richtig zu konfirmieren. Da hörte sie etwas, das ihr Blut endgültig zum Kochen brachte.

»Wieso machst du nicht auf, du Scheißlesbe?«, krakeelte da einer und gleich darauf folgte wieder das Dauerklingeln.

Cora war immer wieder erstaunt, wie das einschießende Adrenalin ihr half, ihren stämmigen 1,80 m Körper blitzschnell auf Hochleistung zu bringen. So auch dieses Mal, als sie die Treppe hinunterstürmte, die Haustüre aufriss und dieses mickrige Etwas von Mann mit geübtem Griff ins Treppenhaus zog.

»Sonnenschein«, rief sie verblüfft, als der Mann vor ihr auf den Fliesen lag. »Was machen Sie denn hier?«

Jens Sonnenschein – der Name war normalerweise bei ihm Programm –, beliebter Konditor aus der Concordia Straße, versuchte, sich vor ihr aufzurichten. Mein Gott, wie war der denn drauf? Er roch nicht nur wie ein Penner, er sah auch so aus.

Cora beugte sich nach unten, um ihm behilflich zu sein, als der Konditor aufstoßen musste und Cora in eine Wolke von Alkohol und unverdautem Mettbrötchen hüllte. Angewidert ließ sie seine Hand los und wandte sich von ihm ab. Sie merkte, wie ihr Aggressionspegel anstieg. Gleichzeitig schämte sie sich. Der Konditor spiegelte ihren Zustand, nur wenige Wochen zuvor. Sie spürte wenig Lust, sich mit jemandem zu beschäftigen, der emotional so labil war wie sie.

»Sie müssen mir helfen«, lallte Sonnenschein und zog sich mühsam am Garderobenständer hoch.

»Interessant«, antwortete Karla. »Wenn Sie von jemandem Hilfe benötigen, besaufen Sie sich, bevor Sie zu ihm gehen, und beschimpfen ihn dann. Würde ich den Auftrag annehmen, kostete das extra.«

»'tschuldigung, zahle alles«, murmelte Sonnenschein, »wirklich alles! Hören Sie, ich wollte Sie doch nur ein bisschen wütend machen, weil ich ahnte, dass Sie dann angelaufen kommen. War ja auch nicht so schlecht die Idee …« Er kicherte und drehte sich einmal um den Garderobenständer. »Mein Gott, ist mir schlecht!«

Cora hatte sich vor ihm aufgebaut. Sie band den Gürtel

ihres Kimonos fest, verschränkte die Arme, schaute für einen Moment an die Decke und schüttelte ganz langsam den Kopf.

»Bin gerade mal meine Aufträge durchgegangen. Schätze mal, Sie müssen sich an jemand anderen wenden, habe noch viel zu viel abzuarbeiten.«

Als er das hörte, begann der Konditor zu weinen. Schluchzend wiederholte er immer wieder: »Sie ist weg, sie ist einfach weg.«

Er ließ sich auf die Knie fallen und griff nach Coras nackten Füßen.

»Bah, das ist ja eklig!«, schrie Cora. Sie wollte sich nicht vorstellen, was er vorhatte zu tun, und schlüpfte schnell in ein paar Schuhe, die an der Haustüre standen.

Sonnenschein rappelte sich mühsam auf und saß nun mit gespreizten Beinen auf dem Boden. Cora sah die Flecken vorne an seinem offenen Reißverschluss und hörte ihn wieder und wieder aufstoßen. Lass dir bloß nicht einfallen, mir vor die Füße zu kotzen, dachte sie. Ihr reichte es.

»Sonnenschein, jetzt hören Sie mir einmal zu: Sie kriechen jetzt nach Hause und schlafen Ihren Rausch aus. Danach können wir meinetwegen über Ihr Problem sprechen.«

Beim Konditor flossen erneut die Tränen. Cora rollte mit den Augen, trotzdem half sie ihm aufzustehen und schob ihn mit sanftem Druck nach draußen. Dort platzierte sie ihn auf ihrer Gartenbank und rief ein Taxi.

Sie ging in ihre Wohnung und wartete am Fenster, bis das Taxi kam. Was musste sein Verzweiflungsgrad hoch sein, sonst hätte er sich bei seinem Ansehen im Dorf doch nicht so gehen gelassen. Sie ahnte, dass es nicht lange dauern würde, bis sich Jens Sonnenschein mit seinem Anliegen bei ihr melden würde. Sie war neugierig geworden; gleichzeitig spürte sie eine Aufregung, die sich bei ihr immer dann einstellte, wenn eine neue Aufgabe anstand.

## 8  Jens Sonnenschein

Er kam mit einem Blumenstrauß; selbst gepflückt, aus seinem Garten.

»Ich schäme mich so«, sagte er.

Was Alkohol mit Menschen machen konnte, wusste Cora aus eigener Anschauung.

»Ich schäme mich auch oft, wenn ich über mein Verhalten nachdenke«, sagte sie. »Da haben wir ja wenigstens etwas gemeinsam. Aber wir sollten im Schämen nicht steckenbleiben.«

Sie betrachtete ihn aus den Augenwinkeln. Wenn ich auf Männer stehen würde, könnte er mir auch gefallen, dachte Cora. Ist halt ein richtiger Frauentyp, immer leicht gebräunt, die dunklen Locken, der Dreitagebart … leider nur ein bisschen klein.

»Sie sehen gut aus, eine Metamorphose vom Penner zum Playboy.« Cora kicherte. »Vor allen Dingen riechen Sie nun auch gut.«

Als sie in Sonnenscheins Gesicht sah, wusste sie, dass sie aufhören musste, sich über ihn lustig zu machen.

»Ihr Lachen tut weh. Ich selber kann mir dieses Besäufnis so schnell nicht verzeihen. Mein Sohn Max war fassungslos, als er mich bei dem Taxifahrer auslösen musste. Wie kann ein Mann nur so tief sinken, hielt er mir vor, als er mich unter die Dusche schob.«

»Ich unterliege der Schweigepflicht, vielleicht kann ich Sie damit beruhigen, dass kein Mensch von diesem – sagen wir mal – Vorfall erfahren wird.«

Sie erntete dankbare Blicke vom Konditor und wies ihm den Weg in ihr Büro.

Jens Sonnenschein nahm am runden weißen Tisch Platz, Cora nahm eine schwarze Keramikvase aus dem Regal, füllte sie im Gäste-WC mit Wasser, um den bunten Dahlien einen würdigen Platz zu geben. Jens Sonnenschein war mit dem Stuhl nah an den Tisch gerückt; seine Hände lagen gefaltet auf dem Tisch und in seinem Gesicht war so viel Anspannung zu erkennen, als erwartete er eine schlimme Diagnose.

»Ach, sind das schöne Blumen, die Farben springen einen regelrecht an«, freute sich Cora.

»Das habe ich bei meiner Frau abgeguckt, die kombiniert immer rot, pink und orange.«

Sonnenscheins Gesichtszüge wurden merklich weicher. Dann fixierte er Cora.

»Sie sehen heute auch sehr gut aus in Ihrem grünen Walle-Walle-Kleid.«

Sonnenschein versuchte einen flirty Blick.

Was ist denn das für eine Botschaft, dachte Cora. Hätte er nicht einfach Kleid sagen können, was sollte das mit dem Walle-Walle? Sie entschloss sich, professionell zu bleiben.

Sie bot ihm ein Wasser an, was er dankend annahm, und sprang dann mitten rein ins Gespräch.

»Wir haben heute Mittwoch. Ihre Frau hätte am Sonntag von ihrem Klassentreffen nach Hause kommen sollen. Was haben Sie Ihren Kunden erzählt?«

»Na, dass sie Urlaub macht.«

»Wieso sind Sie nicht zur Polizei gegangen?«

Cora hatte ihren Schreibblock vor sich liegen, um sich Gesprächsnotizen zu machen. Erst als keine Antwort vom Konditor kam, schaute sie auf. Sonnenschein kämpfte mit den Tränen.

»Ich weiß ja, dass sie lebt …«

»Ach!«

»Sie hat sich Montagnachmittag gemeldet. ›Mir geht es gut, mach dir keine Sorgen, ich hab hier etwas zu erledigen.‹ Das waren ihre Worte und dann hat sie aufgelegt.«

»Sonnenschein, das ändert ja alles!«

»Warum?«

»Na, sie ist freiwillig weg, was soll ich sie noch suchen!«

»Weil ich Sie damit beauftrage. Ich will wissen, was sie zu erledigen hat. Ich muss endlich mit ihr reden.«

»Das kann man auch am Telefon machen.«

»Hab ich doch gleich versucht. Es war übrigens nicht ihr Handy, mit dem sie mich angerufen hat. Sie muss danach die Simkarte herausgenommen haben.«

»Das heißt doch aber nichts anderes, als dass sie nicht mit Ihnen reden möchte und ebenso wenig gefunden werden möchte. Ich kann sie doch nicht gegen ihren Willen am Schlafittchen packen und hierherschleifen.«

Cora stand auf und machte den Deckenventilator an. Zusätzlich kramte sie aus einer Schublade einen Fächer in Regenbogenfarben und fächerte sich Luft zu.

»Ohne Ihnen nahetreten zu wollen, muss ich, wenn ich die Faktenlage betrachte, davon ausgehen, dass in Ihrer Ehe nicht alles rund läuft, sonst wüssten Sie, was Ihre Frau so umtreibt.«

Cora schaute ihn an und sah das Rinnsal aus Schweiß, das sich an seiner Schläfe hinunterbewegte, sah, wie er mit zwei Schlucken das Wasser austrank, dann aufstand und im Raum hin und her zu wandern begann. Als ob er alles für sich ordnen müsste, begann er zu reden:

»Tja, vor dem Tod ihrer Eltern, da hat sie – verstehen Sie mich bitte nicht falsch – reibungsloser funktioniert. Ich meine, so als Geschäftsfrau. Man muss bei einem Familienbetrieb an einem Strang ziehen ... das hat ja auch lange geklappt, selbst als die zwei Jungs klein waren ... Damals hatte sie auch schon mal ihre Phasen gehabt, wo sie gemurrt hat, aber dann hatte sie sich immer wieder für den Betrieb zusammengerissen. Dann aber, nach dem Tod ihrer Eltern, war sie als Geschäftsfrau nachlässiger geworden, sie hat sich auch als Mensch verändert, hat sich immer mehr zurückgezogen ...«

»Hallo, ihre Eltern sind beide im selben Jahr gestorben! Da finde ich es nicht außergewöhnlich, wenn sich ein Mensch durch die Trauer verändert, oder?«

»Ja, natürlich, aber irgendwann ...« Sonnenschein seufzte und beendete seinen Satz nicht mehr.

Cora war ebenfalls aufgestanden und schaute nachdenklich aus dem Fenster. Ich sollte die Finger davonlassen, dachte sie, da steckt doch irgendein Familienscheiß mit Psychoproblematik dahinter.

Als ob Jens Sonnenschein ihre Zweifel spürte, stellte er sich neben sie ans Fenster.

»Nur ein Versuch, bitte, damit ich nicht ganz so alleine dastehe. Mein Sohn Max und mein Vater schmeißen den Betrieb alleine ... ich bin kaum mehr arbeitsfähig.«

Cora drehte sich zu Sonnenschein.

»Da ist noch etwas … jeder kann es beobachten, der zu Ihnen in die Konditorei kommt. Sie haben – wie man so schön sagt – Schlag bei den Frauen. Einige himmeln Sie regelrecht an, man bekommt auch mit, wie Sie mit den Damen spielen, wie Sie es genießen, dass Sie so zahlreiche weibliche Fans haben.«

Sonnenschein zuckte mit den Schultern. »Ja und?«, sagte er nur.

»Ihre Frau hat das einfach so hingenommen?«

»Früher hat es sie sogar ein bisschen stolz gemacht. Heute sieht sie, denk ich, den Gewinn für unseren Betrieb. Sie bekommt schließlich mit, dass ich mit den weiblichen Gästen spiele – wie Sie das nennen – und nichts mit denen anfange.«

»Können Sie Depressionen bei Ihrer Frau ausschließen? Nimmt sie Psychopharmaka?«

»Keine Ahnung was es ist, aber irgendein Medikament hat sie in letzter Zeit genommen.«

»Sorry, dass ich das sagen muss, aber Sie wissen ganz schön wenig über Ihre Frau.«

»Es ist mir sehr unangenehm, wenn Sie mit mir reden, als seien Sie meine Psychotherapeutin.«

Sonnenschein hatte sich mittlerweile wieder an den Tisch gesetzt.

»Okay, dann schauen wir uns doch einmal die Fakten an, wir gehen mal zu den Dingen, die Sie wissen. Zu den Dingen, die Ihnen am letzten Tag, an dem Sie zusammen waren, aufgefallen sind.«

Jens Sonnenschein nickte erleichtert.

»Nun, da gibt es eine Sache: Als ich meine Frau am Samstag zu ihrem Klassentreffen nach Köln gefahren habe, sprach ich sie auf ihren kölschen Stammbaum an. Vielleicht stimmt das gar nicht, antwortete sie nur kurz. Als ich interessiert nachfragte, bekam ich zur Antwort, dass es der falsche Zeitpunkt sei, um mit mir darüber zu sprechen. Ich habe dann nicht mehr weiter nachgebohrt.«

»Das ist allerdings interessant. Bei wem hat sie nach dem Klassentreffen übernachtet?«

»Bei ihrer ehemaligen Klassenkameradin Isabell Nickenich, die wohnt in der Yorckstraße in Köln-Nippes.«

»Gibt es noch andere vertraute Personen, von denen Sie wissen?«

»Ja, zu unserem Sohn Tim, der in Amsterdam lebt, hat sie ein enges Verhältnis. Dort ist sie aber ganz sicher nicht. Alles schon abgeklärt. Und dann Pam, ihre amerikanische Freundin aus Houston. Die beiden haben sich bislang jedes zweite Jahr besucht. Dieses Jahr wäre Pam bei uns zu Gast gewesen, doch ihr Mann ist schwer erkrankt und sie hat deswegen ihren Besuch abgesagt.«

»Mit Isabell Nickenich haben Sie telefoniert?«

»Ja, deren Überraschung und Sorge klang echt. Sie wollte mir allerdings nicht erzählen, was Eva so umtreibt. Doch sie konnte definitiv ausschließen, dass Eva mit ihr darüber gesprochen habe abzuhauen.«

»Sind Sie beide bei Facebook angemeldet?«

»Mit unserer Konditorei aus Marketinggründen, privat selbstverständlich nicht.«

Cora zückte ihr Smartphone und gab den Namen von Eva ein. Ergebnisse waren nur im Zusammenhang mit der Konditorei zu sehen.

»Hat Ihre Frau ihren Laptop mitgenommen?«

»Nein, aber keine falsche Hoffnung … ihr Passwort kenne ich nicht.«

»Nur mal so zur Info, wenn wir sie auf Facebook suchen, haben wir sie ratzfatz.«

Cora wollte langsam zu Potte kommen; sie schaute Sonnenschein auffordernd an und wartete auf sein »ja«.

»Um Gottes willen«, schrie er. »Dann kann ich ja gleich ein Plakat in Nettelbach aufhängen. Das Dezente liegt Ihnen wohl nicht.«

»Dafür aber das Effiziente. Geben Sie mir ein Bild Ihrer Frau, ich stelle es öffentlich und irgendeiner wird sich bei mir melden, der sie gesehen hat. Ihre Frau hat gesagt, dass sie etwas zu erledigen hat, und nicht, dass sie sich verstecken will.«

Sonnenschein überlegte.

»Tja, um ehrlich zu sein … ich habe noch nicht einmal ein aktuelles Foto von meiner Frau.«

»Ich bitte Sie! Mit Hilfe Ihrer Söhne wird sich schon etwas finden lassen. Ich werde auf Facebook nach ihr suchen, weil ich mich angeblich bei ihr bedanken möchte, da sie mir bei einem Unfall geholfen hat. Ich habe zwei Accounts und unter dem Namen, unter dem ich nicht als Detektivin zu erkennen bin, werde ich suchen.«

Sonnenschein seufzte erleichtert auf.

»Mit dieser Lösung kann ich leben. Ich werde mit meinem Sohn ein relativ neues Foto finden und Ihnen per E-Mail schicken.«

»Spätestens zwei Tage nachdem ich das Gesuch bei Facebook reingesetzt habe, werden wir sie finden«, versprach Cora siegesgewiss.

## 9  Der Einling

Gate 24 war an diesem frühen Morgen ein Treffpunkt für Geschäftsreisende. Eva sah fast nur Anzüge, Kostüme und Laptoptaschen. Kaum einer hatte sein Smartphone nicht am Ohr, aber im Unterschied zu früheren Zeiten wurden die Telefonate nicht mehr so geführt, als sei man alleine im Raum.

Eva ließ nochmals die letzten Stunden und den gestrigen Tag Revue passieren. Sie hatte mit schlechtem Gewissen den Inlandsflug Hamburg–München gebucht; mit dem Zug wäre ihre Reise nach Burghausen an einem Tag gar nicht zu bewältigen gewesen. Ohne irgendein Gewese darum zu machen, hatte Harry sie um sechs Uhr früh zum Hamburger Flughafen gefahren. Er war wirklich eine gute Seele und fühlte sich sogar für die Untat seines Kumpels verantwortlich. Was sie ihm natürlich versucht hatte, auszureden.

Für dich steh ich gerne früh auf, hatte er gesagt und ihr etwas zu tief in die Augen geschaut. Dann die Frage, ob das jetzt ein Abschied für immer sei. Wer weiß, hatte sie geflüstert und versucht, möglichst geheimnisvoll zu schauen. Aber ihr war ehrlicherweise kein Grund eingefallen, warum sie Harry nochmals treffen sollte. Den gestrigen Mittwoch hatte sie dringend als Erholungstag gebraucht. Silke hatte ihr erlaubt, noch eine weitere Nacht bei ihr zu verbringen, obwohl sie schon am Vormittag zu ihrer Schwester nach Husum gereist war. Vormittags hatte sie dann im Blauen Klaus ihre Aussage wegen der Entführung zu Protokoll gegeben, aber, zum großen Unverständnis der Polizei, auf eine Anzeige verzichtet.

Silke war ihr gegenüber untröstlich gewesen. Sie konnte sich ihre Untätigkeit während des Gewaltaktes nicht verzeihen, sie sei wie paralysiert gewesen. Als sie aus ihrer Erstarrung erwacht war, hatte sie dann die Polizei verständigt. Eva, die sich als Hobbypsychologin (so bezeichnete sie sich selbst) gerne mit allen möglichen psychologischen Konzepten beschäftigte, vermutete ein Flashback auf Grund Silkes eigener häuslicher Gewalterfahrung. Das Kapitel Norddeutschland sah Eva mit dem heutigen Tag für beendet an. Ole musste sich um seinen Beziehungsstatus und anderes kümmern und sie freute sich nun auf ihre Halbschwester Tanja.

Nach den vergangenen turbulenten Tagen war Jens wieder ihr gedanklicher Begleiter. Wenn sie ehrlich war, hätte sie gedacht, dass Jens in ganz Deutschland auf Plakatwänden nach ihr suchen würde, oder vielleicht hätten Tim und Max ihm erklären können, wie man eine Suche bei Facebook macht. Anscheinend war ihr Ehemann aber erleichtert, dass er von ihren Stimmungsschwankungen erst einmal verschont blieb.

Hinter ihr telefonierte eine Frau, die Rücken an Rücken mit ihr saß. Schon zum dritten Mal wiederholte sie, dass sie schließlich einen inneren Kompass für die essentiellen Dinge in der Politik besitzen würde. Eva drehte sich zu ihr. Es war eine Politikerin in ihrem Alter, der Name war ihr entfallen. Nachdem diese ihr Telefonat beendet hatte, tippte Eva sie kurz an.

»Ich wollte Ihnen gratulieren.«

Die Frau drehte sich mit freundlichem Lächeln zu ihr.

»Ach ja, wofür denn?«

»Na, dass Sie Ihren inneren Kompass gefunden haben. Ich suche den nämlich noch.«

Das Lächeln erstarb. Eva bemerkte, wie die Politikerin versuchte, sich zu sammeln.

»Dann wünsche ich Ihnen viel Glück für die Suche«, sagte sie und drehte sich abrupt um.

Sie ist vielleicht nicht gewohnt, vom Volk angesprochen zu werden, interpretierte Eva die etwas harsche Reaktion; der Aufruf zum Einchecken, ließ dies aber zweitrangig werden.

In München hatte sie den Regio nach Landshut knapp verpasst, so dass sie noch Zeit hatte, zu frühstücken. Sie besorgte sich eine Tageszeitung mit der Schlagzeile »Seit Menschengedenken heißester Juli in Deutschland, Rekordwert in Lingen mit 42,6 Grad«, dazu ein Müsli und einen Milchkaffee und genoss es, zwischendurch einfach nur »Leute zu gucken«.

Das konnte sie im Regio nach Landshut fortführen. Neben ihr saß eine junge Frau mit den längsten Fingernägeln, die sie je gesehen hatte; lila lackiert, mit kleinen Schmetterlingen verziert. Sie versprühte außerdem eine Melange aus verschiedenen Gerüchen. Eva erkannte Asia Imbiss, Zigaretten und irgendein Parfum. Sie sehnte sich nach einem Gegenduft. Gegenüber der jungen Frau saß eine Matrone in Wanderkleidung, die einen Rosenkranz durch die Finger gleiten ließ, und neben ihr ein vielleicht zehnjähriger Junge mit Joshua-Kimmich-Frisur, an dessen magerem Körper ein viel zu großes Bayern-München-Trikot schlotterte. Er schaute aus dem Fenster und fragte unvermittelt: »Oma, was ist Petting?« »Sei gstad!«, antwortete die Matrone und der Junge fragte nichts mehr.

In Landshut dann wiederum Wartezeit, bis ihr Zug nach Mühldorf kam. Dieses Burghausen schien wirklich am Ende der Welt zu liegen. Nicht auszudenken, wenn sie die ganze Strecke von Wacken hätte mit der Bahn fahren wollen!

In Mühldorf dann ein letztes Umsteigen in eine Bimmelbahn, die trotzdem darauf bestand, den Fahrgästen erste und zweite Klasse anzubieten. Eva hatte sich versehentlich in die erste Klasse gesetzt. Als sie mit ihrem Gepäck in den richtigen Waggon gewechselt war, in dem lustigerweise alles so aussah wie in der ersten Klasse, wurde sie von einem Mann mit einem Lächeln empfangen.

»Na, aus Versehen in der ersten Klasse gelandet?«

Eva war schockverliebt. Dieses Lächeln! Der sah ja aus wie der George aus dem Film Erin Brockovich! Sie spürte den dringenden Wunsch, ihn auf der Stelle zeichnen zu wollen; mein Gott, so ein gutaussehender Kerl! Das Mädchen, das ihn begleitete, hatte eine Kladde auf ihren Knien liegen und schrieb etwas hinein, ohne sie weiter zu beachten. Der Zug ruckelte und sie hatte Mühe, das Gleichgewicht zu halten, der Mann nahm ihr das Gepäck ab, verstaute es und bot ihr einen Platz an.

»Vielen Dank«, mehr hatte sie bislang nicht rausgebracht. Mehr konnte sie auch nicht sagen, ihr Mund war ausgetrocknet, ihr Magen irgendwie nach innen gesackt. Sie saß auf ihrem Sitz und betrachtete ihre Fußspitzen, während sie fieberhaft überlegte, was sie sagen könnte. Wenn sie sich unterhielten, würde sie ihn anschauen, aber ihr fiel nichts ein. Sie fühlte ihr Herz pumpen, trotzdem blieb ihr Gehirn merkwürdig leer.

Damals, als sie den Film Erin Brockovich über eine alleinerziehende Anwaltsgehilfin mit drei Kindern gesehen hatte, die aufdeckt, dass eine Firma das Grundwasser eines kalifornischen Ortes vergiftet, war das für sie Mut machend, was man alles so schaffen kann, wenn man willensstark ist. Immer, wenn sie sich mal wieder mit ihren zwei kleinen Jungs und dem Geschäft überfordert gefühlt hatte – und das war oft –, dachte sie an Erin Brockowich. Allerdings war Erin mit eben diesem George gesegnet, dem gutaussehenden, langhaarigen Nachbarn, der nur arbeiten ging, wenn er Geld brauchte, und ansonsten ihre Kinder hütete und manchmal auch unter Erins Bettdecke schlüpfte. Seufz! Sie schalt sich selber für ihre Teenagergedanken. Wie bedürftig war sie eigentlich? Was hatte sie in der Vergangenheit alles verdrängt?

Der Zug tuckerte durch einen Wald; so langsam, dass man hätte nebenherlaufen können. Dann hielt er an; mitten im Wald.

»Ich bin ein Einling«, sagte das junge Mädchen, es schrieb dabei weiter in seine Kladde.

»Ich leider auch«, antwortete Eva.

Das Mädchen hob nicht den Kopf, um sie anzuschauen.

»Sammelst du auch erste Sätze?«

»Oh nein, gute Idee, vielleicht sollte ich das tun.«

»Das ist ein sehr schönes Hobby. Ich habe jetzt einen neuen ersten Satz auswendig gelernt. Magst du den hören?«

Eva nickte und wusste, dass dieses Mädchen besonders war.

»Ich habe dich gefragt, ob du den hören magst.«

»Ja, natürlich mag ich den hören.«

»Alle glücklichen Familien gleichen einander, jede unglückliche Familie ist unglücklich auf ihre Art.«

Eva schaute erstaunt zu dem Mädchen, dann zu dem Mann.

»Tja, so ist sie halt, unsere Kitty«, sagte der ernst.

»Das war der erste Satz aus Anna Karenina.« Eva schaute zu dem Mann, als ob sie eine Bestätigung erwartete; der nickte lächelnd, sagte aber nichts.

»Findest du, dass Tolstoi recht hat?«, fragte das Mädchen, klappte ihre Kladde zu, blickte Eva nicht an, sondern schaute aus dem Zugfenster.

»Oh, gute Frage, ich glaube, da müsste ich einmal drüber nachdenken.«

»Kannst du das nicht beim Zugfahren?«

»Nein, dafür fahre ich zu selten mit dem Zug.«

»Aber der Zug steht jetzt.«

»Darüber wundere ich mich gerade.«

»Der Gegenzug kommt«, antwortete das Mädchen und blickte auf ihre gefalteten Hände, die über ihrer Kladde lagen. Eva spürte das typische Anruckeln des Zuges und die Fahrt ging weiter.

Sie traute sich wieder den Mann anzuschauen.

Er hatte die gleichen wunderschönen blonden Haare wie das Mädchen; beide trugen einen Zopf, bei ihm waren ein paar graue Strähnen zu erkennen und vielleicht war sein Haaransatz ein wenig nach hinten gerutscht. Kannte sie irgendeinen Mann mit solch strahlend blauen Augen? Natürlich nicht!

»Endlich zu Hause!«, sagte das Mädchen.

Eva hatte in den letzten Minuten nicht einmal aus dem Fenster gesehen, jetzt blickte sie auf zwei Bahnsteige und einen nüchternen Bahnhofsvorplatz mit ein paar Parkplätzen.

»Auf Wiederschaun«, sagte der Mann; das Mädchen sagte gar nichts. Beide hatten es eilig, aus dem Zug zu kommen. Eva stand noch verloren auf dem Bahnsteig, als die beiden eine große Straße überquerten. »Ciao, du schöner Mann«, flüsterte sie.

Das Bestechende an dem Hotel war seine Lage; es lag mitten in der Altstadt, die mit ihrem südlichen Inn-Salzach-Stil eine fast elegante Atmosphäre ausstrahlte. Der Taxifahrer hatte ihr auf der kurzen Fahrt zum Hotel das Charakteristische dieses Stils erklärt: mehrere Häuser bildeten durch Scheinfassaden vor dem eigentlichen Dach geschlossene Ensembles. Vor dem Hoteleingang gab es einen Biergarten; um die weltlängste Burganlage zu sehen, musste man den Platz überqueren. Prächtig und mächtig thronte sie über der Stadt.

Nachdem Eva ihr Zimmer bezogen hatte, setzte sie sich an einen Tisch im Biergarten, bestellte eine Kleinigkeit zu essen und überlegte, wie sie weiter vorgehen sollte. Wenn sie den Namen Tanja Waginger googelte, erfuhr sie, dass ihre Halbschwester den Friseursalon Rapunzel betrieb. Er lag in der Straße, die bergan zur Burg führte. Nach den Erfahrungen, die sie mit ihrem Überraschungsbesuch bei Ole gemacht hatte, war es sicher keine gute Idee, bei Tanja spontan reinzuschneien. Sie würde sich bei ihr für den Abend anmelden. Aber vorbeispazieren und einfach mal so durchs Schaufenster schauen, das wäre doch eine Option. Als die Kellnerin das Essen brachte, fragte sie nach einer Friseurempfehlung. Die Frau nannte ihr zwei Salons, der Salon Rapunzel gehörte nicht dazu.

»Kennen Sie auch zufällig Rapunzel?«, fragte sie ganz harmlos.

Die Kellnerin verzog ihr Gesicht. »Sei ma ned bäs, i glaub, da gehn eher die Gspinnerten hin.«

So viel Bayrisch konnte Eva verstehen.

»Na, jetzt haben Sie mich aber neugierig gemacht«, antwortete sie lachend. »Vielleicht bin ich ja hier drinnen auch ein bisschen gspinnert.« Eva zeigte auf ihr Herz und erfreute die Kellnerin mit einem großzügigen Trinkgeld.

Während des Essens lauschte sie mit Vergnügen den Unterhaltungen an den Nebentischen. Sie hörte den bayrischen Dialekt, aber auch sächsisch, englisch und hochdeutsch. Zwei Damen, direkt neben ihr, anscheinend Mutter und Tochter, schauten einem Transwesen in einem Dirndl hinterher. Da sagte die eine zur anderen: »Mama, wer sagt, ich bin eine Frau, ist eine Frau. Egal ob du eine Dreijährige bist, ein fünfzigjähriger Mann, oder ein Schimpanse.«

Nach ihrer kleinen Mittagspause machte sie sich auf den Weg. Nicht weit vom Bayrischen Hof bog sie in eine enge Kopfstein gepflasterte Gasse ein, die herauf zur Burg führte. Auf der rechten Seite sah sie auch schon einen langen Zopf von einer Stange baumeln. Sie lehnte sich auf der gegenüberliegenden Seite des Salons an eine Hauswand und schaute in das kleine Schaufenster. Wenn das Tanja war, die sie sah, hatte die ein Gardemaß. Wir beide könnten Karneval als Pat & Patachon gehen, dachte Eva amüsiert. Tanja trug einen stylischen Pixie Cut, ihre Haare hatten einen rosa-silbrigen Schimmer, schwarze Klamotten und viel Silberschmuck vervollständigten ihren Stil. Sie arbeitete alleine in ihrem Salon und zu Evas Erstaunen wohl gerne zu klassischer Musik. Sie traute sich ans Schaufenster, um die Einrichtung besser sehen zu können. Die Spiegel waren in Form gotischer Spitzbogenfenster, die Wände zierten dunkelgrüne Barocktapeten und Kerzenhalter mit dicken weißen Kerzen. Nur die erwarteten Totenköpfe fehlten. Jetzt konnte sie auch einen Blick auf die Öffnungszeiten werfen. Ach du Schreck! Donnerstag von 14–22 Uhr! Das wird heute nichts mehr werden mit dem Besuch, dachte sie enttäuscht.

Sie ging die Gasse weiter bergauf, bis sie die Burganlage erreichte. Bevor sie alles anschauen wollte, setzte sie sich auf eine Bank und wählte die Handynummer von Tanja.

Ihre Halbschwester machte am Telefon den Eindruck, als sei sie ehrlich erfreut, Eva bald kennenzulernen. Sie lud sie für den nächsten Morgen zum Frühstück ein. Als Adresse gab sie einen Einödhof außerhalb der Stadt an, auf dem sie mit ihrer Familie wohnte. Die Schulferien hätten gerade begonnen und alle würden sich auf sie freuen, sagte sie noch.

Na, wie ich mich erst einmal freue, dass ich willkommen bin, hatte sie geantwortet und erleichtert das Gespräch beendet.

Die Bauten der Burg erstreckten sich über einen schmalen und langgestreckten Bergrücken. Zwischen altem Gemäuer gab es hin und wieder gemütliche Häuschen, in denen keine Rittersleut, sondern Menschen aus dem Hier und Jetzt wohnten; mit Vorgärten, in denen noch Gemüse angebaut wurde. Ein Junge kam aus einem Haus und zog zwei dicke Kaninchen aus einem Stall, setzte die beiden auf die Wiese und begann den Stall zu reinigen. Die Langohren ließen sich derweil den Löwenzahn schmecken. Weiter ging es durch ein Tor, wo sie auf der rechten Seite das Burg-Café liegen sah. Am letzten freien Tisch draußen setzte sie sich hin und kramte in ihrem Rucksack, um nach dem Portemonnaie zu suchen.

»Hoppala«, hörte sie jemanden ausrufen. Ein Mann mit kinnlangen grauen Haaren und einem schmalen Gesicht, welches noch blasser als das ihrige war, stand vor ihr. Ohne zu fragen, setzte er sich mit seinem Milchkaffee zu ihr an den Tisch. Dabei schaute er sie an; ein wenig provozierend, wie Eva fand.

»Was bedeutet denn in Bayern ein Hoppala?«, fragte Eva.

»Verstehen Sie es bitte als einen Überraschungsausruf, da Sie sich an den Tisch gesetzt haben, an dem ich eigentlich alleine meine Pause verbringen wollte.«

Eva musste schlucken. Das war ja ein Charmeur!

»Aha. Da ich aus Preußen komme, frage ich mal ganz dumm, woran hätte ich feststellen müssen, dass Sie diesen Tisch reserviert haben?«

»Jetzt hören Sie schon auf, ist doch gut jetzt!« Er zeigte auf ein Schild. »Heute ist Selbstbedienung. Die Kellnerin ist kurzfristig ausgefallen.«

Als Eva mit ihrem Cappuccino zu dem Tisch zurück-kam, kaute der Mann an seinem Wurstbrot und las seine Nachrichten. So hatte Eva Gelegenheit, ihr Gegenüber zu betrachten. Er musste irgendein Kulturschaffender sein, in dieser Branche war es üblich, sich vollständig in Schwarz zu kleiden. Die Harry-Potter-Brille in Silber ging aber gar nicht!

Plötzlich knallte der Mann sein Smartphone auf den Tisch, schaute Eva – für sie viel zu lange – an und stellte ihr dann eine Frage, mit der sie überhaupt nicht gerechnet hatte: »Sie haben heute Abend nicht zufälligerweise Zeit?«

Eva ließ einen Stoß Luft durch die Nase entweichen.

»Hat der Babysitter grad abgesagt?«

»Nein, aber meine Bekannte. Ich hatte sie gebeten, mich auf eine Vernissage zu begleiten. Jetzt denke ich, Sie könnten vielleicht … Sie müssten sich nur etwas anderes anziehen.«

Als Erstes dachte Eva, nicht schon wieder! Dann stellte sie sich die Frage, wer ist hier eigentlich ein Alien, er oder ich? Zuletzt dachte sie an das Geld, das sie in Selbstbehauptungskurse gesteckt hatte. Dieser Gedanke schaffte es, dass sie sich aufrecht hinsetzte und Sätze aus ihr heraussprudelten, von denen sie – als sie später drüber nachdachte – begeistert war.

»Ich wäre insofern prädestiniert, heute Abend einzuspringen, weil ich mich damit auskenne, Ersatz zu sein. War lange Ersatzspielerin beim Mädchenfußball. Leider gibt es ein kleines Problem. Ich würde mir selbst für Banksy nichts anderes anziehen, wieso sollte ich das für Sie tun? Wir haben doch keinerlei Verträge miteinander. Ich kenne noch nicht einmal Ihren Namen.«

Das blasse Gesicht des Mannes nahm etwas Farbe an.

»Phil«, sagte er. »Phil Burghoff heiße ich. Sorry, Sie haben natürlich vollkommen recht. Vielleicht ist mir dieser Dresscode schon zu selbstverständlich. Ich arbeite hier für die verschiedenen Museen der Burganlage. Aber Sie scheinen ebenfalls kunstaffin zu sein.«

»Bin ich, lieber Phil Burghoff. Da ist Ihr Name ja Programm.«

»Das ist jetzt aber nicht originell. Erzählen Sie mal lieber, was Sie mit Kunst zu tun haben.«

Eva fischte ihr Skizzenbuch aus dem Rucksack und reichte es Phil Burghoff.

»Vor langer Zeit habe ich Illustration studiert, das Studium aber aus Gründen nicht beendet.«

»So, so, aus Gründen« …, sagte Phil und blätterte in dem Skizzenbuch. »Ihre Spezialität sind wohl Karikaturen. Nicht schlecht. Würden Sie mich denn heute Abend begleiten, wenn ich nicht erwarte, dass Sie sich umziehen?«

»Es tut mir leid, ich habe heute schon etwas anderes vor.«

Eva hatte den Eindruck, dass ihr neuer Bekannter mit einem Korb ganz schlecht umgehen konnte. Er spannte seinen rechten Mundwinkel an und zog ihn leicht nach oben, sein Blick wurde starr, die Augenbrauen zogen sich zusammen.

Diese Reaktion kannte sie zu gut. Ihr (Zieh-)Vater war in den letzten Jahren seines Lebens dauerbeleidigt gewesen.

Phil Burghoff verließ fast fluchtartig seinen Platz, murmelte so etwas wie »na, denn viel Spaß heute Abend« und verschwand durch den Torbogen.

Eva fühlte sich, als hätte sie als Ersatzspielerin ein Tor gemacht. Sie war ein wenig stolz, dass sie ihr Angepasstsein überwinden konnte und nicht der Einladung zugesagt hatte, nur um ihrem Gegenüber kein schlechtes Gefühl zu geben. Sie schulterte ihren Rucksack; es gab noch viel anzuschauen auf der weltlängsten Burganlage.

## 10  Eva und die Minibar

Eva hatte nach dem Abendessen das Bedürfnis gespürt, für sich zu bleiben und ein paar Dinge gedanklich zu sortieren, bevor sie am nächsten Morgen ihre Halbschwester treffen würde. Ihr Zimmer war nicht gerade eine Ausgeburt an Gemütlichkeit, aber die Minibar war gut gefüllt und zum Eingrooven in den einsamen Abend würde sie sich einen Drink genehmigen.

Wie hatte Tanja wohl erfahren, dass sie ein Samenspenderkind ist? Hatte sie es genauso traumatisch erlebt wie sie selbst?

Ihr (Zieh-)Vater hatte fünf Jahre vor seinem Tod die Krebsdiagnose erhalten. Das hatte die Eltern noch näher zusammengebracht. Wobei Eva auch vorher manchmal gedacht hatte, warum die beiden sich wohl für ein Kind entschieden haben, denn sie hatte schon als Kind den Eindruck, als genügten sie sich selbst.

Bevor ich mich hier betrinke, sollte ich vielleicht mal unter die Dusche gehen, überlegte Eva und verschwand im Bad. Sie duschte so heiß, wie sie es gerade noch aushalten konnte. Während sie sich anschließend die Haare föhnte, sah sie den schönen Mann aus dem Zug im feuchten Spiegel; sein Bild löste sich in den Wassertropfen, die den Spiegel herunterrannen, langsam auf. Was ein Gin ausrichten kann, dachte Eva fasziniert.

Wo war sie vorhin gedanklich stehengeblieben? Ach ja, bei ihren Eltern.

Der Vater war ihr immer ferner als die Mutter gewesen. Sie hatte zeitlebens den Eindruck, dass sie nur mit Leistung ein Lächeln in sein Gesicht zaubern konnte. Ungefähr einen Monat nach seiner Beerdigung begannen sie, seine Kleidungsstücke auszusortieren. Eva meinte sich zu erinnern, dass die Mutter »da wäre noch etwas« gesagt hatte und dann »jetzt, wo dein Vater tot ist, darf ich mit dir darüber sprechen«, und letztlich fiel der Satz, der sie nicht in diesem Moment, aber hinterher fassungslos gemacht hatte: »Spielt ja nun wirklich keine große Rolle mehr«.

Verdammte Scheiße! Sie könnte jetzt wieder vor Zorn aus ihrem Schlafanzug springen. Da erfährt sie, dass leider unbekannt ist, von wem die Hälfte ihrer Gene stammen, so nach dem Motto »ach übrigens«, so als kleine Fußnote am Ende eines beliebigen Gespräches, das man gleich nach dieser Information wieder aufnehmen könnte, und das sollte für sie keine Rolle mehr spielen? Sie hatte sich damals auf einen Stuhl fallen lassen und fassungslos zugehört, wie die Mutter ganz sachlich von dieser Essener Kinderwunschklinik berichtete und wie froh sie gewesen war, dass es gleich beim ersten Mal geklappt hatte. »Das muss ich erst einmal verdauen«, hatte Eva gestammelt und war aus der elterlichen Wohnung geflohen. Unglücklicherweise waren Jens und Max auf einer Messe gewesen und so konnte sie sich den ganzen Abend immer mehr in den Verrat, den ihre Eltern an ihr begangen hatten, hineinsteigern. Ab dem nächsten Tag versuchte sie eine Gelegenheit zu finden, es ihrem Mann zu erzählen, aber dann kroch merkwürdigerweise Scham in ihr hoch. Sie war ja nicht mehr diejenige, die Jens geheiratet hatte, die Tochter vom Oberstudienrat, der so stolz darauf war, dass sein Kölner Stammbaum bis ins 17. Jahrhundert reichte. Sie war eine Mogelpackung. Sie entwickelte neue Empfindlichkeiten, auf die Jens zuerst mit Vorwürfen, dann mit Sarkasmus reagierte. Außerdem kippte das lebenslange vertrauensvolle Verhältnis zu ihrer Mutter. Sie war zwar immer zur Stelle, wenn ihre Mutter sie brauchte, allerdings mit einer kühlen Distanz, worüber sie sich selber wunderte, dass sie zu der fähig war. Natürlich bemerkte sie die Verzweiflung ihrer Mutter und ihr allergrößter Kummer war hinterher der, dass sie mit ihrer unbarmherzigen Härte den Tod ihrer Mutter verursacht haben könnte. Sieben Monate nach dem Tod ihres Ehemannes erlitt ihre über alles geliebte Mutter beim Einkaufen einen plötzlichen Herztod. Eva ließ jetzt ihren Tränen freien Lauf. Damit begann die schlimmste Phase in ihrem Leben. Beerdigung. Räumung von Mutters Wohnung. Zwei Mitarbeiterinnen der Konditorei wurden gleichzeitig krank; sie reagierte darauf mit einem Schreikrampf, konnte einfach nicht mehr aufhören zu schreien. Einlieferung ins Krankenhaus, nach drei Tagen Entlassung mit der Empfehlung, eine psychosomatische Kur zu beantragen. Sie entschied sich dann lieber für Pillen, Joggen und den Selbstbehauptungskurs in der VHS Altenkirchen. Es musste ja weitergehen. Ging es ja auch. Als sie das Forum für Samenspenderkinder im Internet gefunden hatte, fühlte sie sich zum ersten Mal nicht allein.

Aber Jens und sie hatten sich auf diesem Weg irgendwie verloren.

Das hoteleigene Telefon in ihrem Zimmer klingelte. Sie konnte nicht verhindern, dass noch ein kleiner Schluchzer zu hören war, als sie sich meldete.

»Hier spricht Huber von der Rezeption, wissen Sie schon, wie lange Sie bleiben werden?«

»Nein, tut mir leid, dass wird sich eventuell morgen entscheiden.«

»Gut. Ähm, da wäre noch etwas.«

»Ja, bitte.«

»Nun, vielleicht wissen Sie es ja schon, also, dass Sie gesucht werden.«

Evas Herz rutschte in ihre Schlafanzugshose.

»Nein, das weiß ich nicht. Aber Sie werden mir jetzt sicher alles erzählen.«

»Auf Facebook sucht eine Kathi Heinlein nach Ihnen. Die will sich bei Ihnen bedanken. Sie sehen jetzt zwar etwas anders aus als auf dem Foto, ich habe Sie aber trotzdem erkannt.«

Eva wusste, dass sie schnell reagieren musste.

»Ach dann weiß ich Bescheid, nett, dass Sie sich bei mir gemeldet haben. Ich habe heute bei Facebook noch nicht reingeschaut.«

»Soll ich der Dame denn jetzt schreiben, dass Sie bei uns sind?«

Eva bekam Schnappatmung. Du blöde Kuh, spinnst du, dachte sie. Sagte aber:

»Nein, das ist lieb, das werde ich gleich selber machen. Gute Nacht.«

»Ja, dann nichts für ungut. Gute Nacht.«

Eva legte auf und sprang vom Bett. »Krass, krass«, rief sie immer wieder, nahm ihr Handy vom Ladekabel und loggte sich bei Facebook ein.

Sie kannte keine Kathi Heinlein, wer hatte sich einen Fakenamen angelegt, um sie zu suchen? Also doch Jens? Das Profilbild von Kathi Heinlein war eine Katze. Na toll! Das Foto, mit dem sie gesucht wurde, war das Foto aus ihrem Personalausweis. Also musste Jens hinter der Suche stecken, wer kam sonst an dieses Foto? Bei einem zweiten Gin Tonic verwarf Eva ihre Befürchtung, dass irgendjemand in der Nacht in das Hotel eindringen würde, um sie zu entführen; sie machte den Fernseher an. Als ob man nur auf sie gewartet hätte, sagte eine Frau lachend in die Kamera: »Life is a journey – enjoy the ride.«

# 11  Einödhof

Die Taxifahrerin hieß Laila, hatte ihr krauses Haar mit Haarschnecken hinterm Ohr gebändigt, trug ein Holzfällerhemd über ihrem bauchfreien schwarzen Bustier und eine Jeans, die nur durch Löcher zusammengehalten wurde. Die traut sich was, dachte Eva und wurde ein bisschen neidisch. Eva nannte die Adresse vom Einödhof und Laila murmelte: »Aha, Besuch für die Wagingers«, und schwieg dann. Eigentlich war es kein richtiges Schweigen, weil sie geräuschvoll ihren Kaugummi bearbeitete.

»Ist der Name Laila eigentlich üblich in Bayern?«, fragte Eva.

»Wie jetzt?«, kam von Laila und ihr Blick traf Eva wie ein Pfeil.

»Schon gut«, antwortete Eva.

»Machts ihr Musik zsamm, du und der John?«

»Ich bin bei Tanja zum Frühstück eingeladen.«

Den Rest der Fahrt sprach Laila mit jemanden über Funk, erst als sie in die Zufahrt zum Hof einbogen, ließ sie vor lauter Entzücken einen Juchzer los.

»Mei, die Akira! Schau, sie erwartet dich schon.«

»Ist das ein Fuchs?«, fragte Eva irritiert und betrachtete

das Tier mit dem rot-weißen Fell und den aufgerichteten dreieckigen Ohren misstrauisch.

»Schmarrn, das ist ein Shiba Inu, ein japanischer Hund, er gehört dem Opa. 13,20 Euro wären es dann.«

Eva bezahlte, griff ihren Blumenstrauß und schaute Laila mit ihrem Taxi nach, bis sie den Hof wieder verlassen hatte. Der Hund ließ sie nicht aus den Augen, das waren Wolfsaugen, die sie da anstarrten. Die Rute lag eingerollt auf dem Rücken. Kein Mensch war zu sehen, der den Hund dort vom Eingang hätte wegscheuchen können. Sie stand in einem Geviert, das umschlossen war von drei Wohnhäusern und einer Scheune. Tanja und ihre Familie wohnten anscheinend nicht alleine hier. Wenn sie nur wüsste, welches Tanjas Haustüre war! Sie tat einen mutigen Schritt; vielleicht war sie dem Hund nun einen Meter näher gekommen. Der Hund erhob sich. Groß war er nicht. Er ist doch sicher nur neugierig, versuchte sich Eva zu beruhigen und tat noch einen Schritt. Der Hund ließ einen einzigen Schrei los, der ihr durch Mark und Bein fuhr. Die Haustür vor ihr ging auf, heraus trat das sonderbare Mädchen aus dem Zug. Kitty, der Einling. Der Hund trottete gleich an ihre Seite. Kitty blickte an Eva vorbei und sagte: »Komm herein, Akira tut doch nichts!« Eva tat einen nächsten Schritt und dann kam Tanja an die Tür gerannt und rief: »Guten Morgen, Schwesterherz, nun lass dich mal umarmen!«

Und ehe sich Eva versah, lag sie in Tanjas Armen und Tanja musste sich verdammt tief herunterbeugen, und Eva, Nasenmensch, der sie war, wusste gleich, dass sie Tanja mögen würde.

Dann saßen sie am großen Tisch in der Wohnküche und Eva hatte immer noch nicht alles kapiert, bis eine Tür aufging – und behaupte noch irgendjemand, es gäbe keine männlichen Diven – stand dort ein Mann mit zwei Mädels im Türrahmen, der seinen Auftritt zu zelebrieren wusste. Er trug diesmal seine blonde Mähne offen, die noch ein wenig feucht vom Duschen war, fasste mit beringten Fingern an seine Hosenträger, die eine braune Hose im Bavarian Style festhielten, und sagte: »Da schau an, die Frau aus dem Zug ist die Schwester.« Und während Eva bemerkte, wie ihr die Röte immer mehr ins Gesicht stieg, begann er zu singen:

»Herzlich willkommen, schön, dass du da bist

Wir haben uns schon so auf dich gefreut

Herzlich willkommen, schön, dass du da bist

Wann gibt's schon mal einen Tag so wie heut«

Die zwei Mädchen, die Eva noch nicht kannte, kicherten und sagten: »Oh, mein Gott, der Papa singt Rolf Zuckowski!«

Und Eva dachte, das Ganze ist doch surreal, was ich hier gerade erlebe, das glaubt mir doch kein Mensch.

Dieser Mensch war also John Waginger, Tanjas Mann. Er kam auf sie zu, sie stand auf und bemerkte, wie ihre Knie zitterten. Er drückte sie an sich und flüsterte »Hallo schöne Frau«, und sie fragte sich, ob bayrische Männer fremde Frauen immer so begrüßen oder ob das jetzt ein Anflirten war.

Anschließend sagten ihr die zwei Mädels guten Tag, die hießen Romy und Nelly, und deuteten vor ihr sogar einen Knicks an.

Dann lernte sie noch Gerda und Werner kennen, die Eltern von Tanja, unverfälschte Ruhrpott-Gewächse, die ganz selbstverständlich damit umgingen, dass Eva und ihre Tochter Samenspenderkinder waren.

Werner war ein ruhiger Typ, der nicht viel sprach, aber immer lachte, wenn seine Frau etwas sagte. Als Gerdas Blicke ungläubig von ihrer Tochter zu Eva wanderten, schüttelte sie ihren Kopf: »Unsere Tanja soll den gleichen Samenspender haben wie du Eva? Wat soll denn da an Ähnlichkeit sein?«

Tanja zeigte auf ihre Zahnlücke. »Eva hat mir erzählt, dass Ole auch eine hat.«

»Ne, so wat«, sagte Gerda und Werner lachte.

Auf dem Tisch stand alles, was zu einem guten Frühstück gehörte, von Semmeln, Rührei, Müsli und Obst. Gerda bediente alle, kochte Kaffee und Tee und bezauberte Eva damit, dass sie sich auch im tiefsten Bayern ihren Ruhrpott-Slang erhalten hatte. Tanja erzählte lachend, dass sie gerne neben den Mädchen ein paar Buben gehabt hätte, da machte Gerda ihre großen Augen noch größer und rief: »Mach mich nit dat Hemd am Flattern!« Das sollte wohl so viel heißen, wie »Mach mir keine Angst«.

Tanja stellte sich im Gespräch blitzschnell auf ihr Gegenüber ein. Mit ihrem Mann und den Kindern sprach sie bayrisch, wenn sie mit den Eltern sprach, sagte sie dat und wat, und mit Eva unterhielt sie sich hochdeutsch. Eva äußerte ihre Bewunderung darüber und John lächelte stolz, so, als ob dies sein Verdienst wäre, und sagte: »Mei, die Tanja besitzt eine fantastische Kommunikationselastizität.«

Tanja zuckte mit den Achseln: »Das kann ich eben. Dafür habe ich mich noch nie anstrengen müssen. Vielleicht ist ja mein Samenspendervater ein Sprachgenie.«

»Oder so ein Worteerfinder wie dein Mann.« Gerda zeigte auf ein Papier. »Gib mich mal dat Blatt rüber. Muss ich aufschreiben. Wie hieß dat? Kommuni…?«

Alle lachten und in das Lachen hinein sagte Kitty fehlerfrei: »Kommunikationselastizität«.

»Siehste«, sagte Gerda, »noch so ein Sprachwunder.«

Werner räusperte sich. »Ich hab ja immer gesagt, dass die Tanja auch in der Politik hätte Karriere machen können, so wie die sprechen kann und mit den Leuten …«

Gerda fiel ihm ins Wort: »Bloß nicht, Tanja wär versaut worden in dem Politikgeschäft.« Dann zu Eva: »Kennste vom Reinhard Mey ›Sei wachsam‹?«

Eva kannte den Song nicht. Selbst vom Sänger hatte sie kaum eine Vorstellung.

Gerda setzte sich kerzengerade hin und nahm ihren Zeigefinger als Taktgeber.

»Der Politiker nimmt den Bischoff beim Arm,

hältst du sie dumm,

ich halt sie arm.

Sei wachsam …«

Tanja tätschelte Gerdas Hände: »Ja, die Mama ist seit fünfzig Jahren Sozialdemokratin, die hält sogar noch den orange-weißen Button in Ehren auf dem ›Willy wählen‹ steht. Aber nach Helmut Schmidt sah sie die Politiker immer kritischer.«

Eva war ein wenig unglücklich, in welche Richtung sich das Gespräch am Tisch entwickelte. Wie ihr Schwiegervater hatte Gerda wohl einen Hang für Verschwörungsschwurbeleien. Deswegen versuchte sie, der Unterhaltung eine andere Wendung zu geben:

»Also, erst einmal möchte ich mich ganz herzlich bedanken, wie freundlich und aufmerksam ich hier empfangen wurde. Ich bin aber auch überwältigt, wie lebendig es hier in der Familie zugeht. In meiner Ursprungsfamilie waren wir nur zu dritt und es war alles sehr gedämpft von der Gesprächsatmosphäre her. Und in meiner jetzigen Familie ist es sehr hektisch, es wird eben alles dem Betrieb untergeordnet. Also ich genieße das bei euch gerade.«

Alle freuten sich und Tanja sagte: »Schön, dass du da bist, Eva.«

Eva wunderte sich, warum Tanja von Drillingen geschrieben hatte. Romy und Nelly glichen sich wie ein Ei dem anderen, doch Kitty wies nicht diese verblüffende Ähnlichkeit auf. Irgendwann würde sich die Gelegenheit ergeben und sie könnte Tanja darauf ansprechen. Am Tisch erschallte ein jazziger Klingelton. John, der sich gerade einen Obstsalat bereitete, entschuldigte sich und ging auf den Hof hinaus.

Kitty begann zu sprechen, während sie vor sich hin kaute: »Es war ein strahlend kalter Tag im April und die Uhren schlugen 13.«

Die anderen am Tisch plapperten und lachten weiter miteinander; keiner nahm von Kitty Notiz. Daraufhin schrie sie den Satz in den Raum hinein, dass Eva erschrocken zusammenzuckte, und nannte dann im normalen Ton Autor und Buchtitel.

»Merkt euch das«, sagte sie, »George Orwell, 1984.«

»Klar, werden wir uns merken, Schatz«, sagte Werner als Einziger und nickte ihr liebevoll zu.

»Ich habe mir auch gerade einen Satzanfang ausgedacht, bloß das Buch dazu habe ich noch nicht geschrieben.«

Eva wusste gar nicht, woher sie den Mut nahm, aber sie fragte: »Möchtet ihr den hören?«

Alle riefen: »Ja!«

»Jeden Morgen schlich sich der Hund von seinen neuen Besitzern fort und legte sich hinter Barbaras Grabstein.«

»Wow«, sagte John, der wieder hereingekommen war, »in dem Satz ist ja schon die ganze Geschichte drin.«

Tanja war aufgesprungen, um sie zu umarmen, und Gerda sagte: »Ne, ich könnte heulen, da muss ich gleich an unser Akira denken.«

»Ich könnte ebenfalls heulen«, warf John ein, »aber aus einem anderen Grund. Sandy liegt mit Fieber im Bett.«

»Schöne Scheiße.« Mehr sagte Tanja nicht.

»Es geht nicht anders, ich ruf jetzt Laila an.« John griff nach seinem Handy.

»Nein, das machst du nicht, ich spring ein.«

Gerda hatte sich fast drohend vor John aufgebaut. In Windeseile hatten die Mädchen den Tisch verlassen. Eva wunderte sich, wie schnell die Stimmung gekippt war. Stimmungen, die blitzschnell kippen konnten, kannte sie zur Genüge, doch hier, wo ihr doch alles irgendwie fremd war, wollte sie das nicht.

»Ich weiß zwar nicht, um was es geht, aber wenn ich helfen kann …?«

Tanja schenkte ihr ein dankbares Lächeln.

»Mei, das wär lieb! Du John, die Eva und ihr Mann haben daheim eine Konditorei; die kennt sich aus mit bedienen.«

John goss sich Vanillesauce über seinen Obstsalat und sagte Richtung Eva:

»Ich bin nicht nur Musiker, sondern habe auch eine Jazzkneipe, die Bedienung ist krank geworden, der anderen habe ich grad gekündigt. Es wäre toll, wenn du heute und morgen Zeit und Lust hättest, einzuspringen. Wann musst du denn wieder daheim sein?«

»Schaun mer mal«, antwortete Eva auf bayrisch.

»Ich sperr das Birdland um 18 Uhr auf, wäre schön, wenn

du eine halbe Stunde eher dort sein könntest. Hier hast du meine Visitenkarte mit der Anschrift, ich zahl dir 15 Euro die Stunde. Ist dir das recht?«

»Ach, für einen Schwippschwager mach ich es auch für zehn Euro die Stunde.«

»So, so, ein Schwippschwager bin ich für dich. Wie dem auch sei, ich dank dir herzlich, liebe Eva, ich muss mich jetzt schleichen, pfiat di, bis heut Abend.«

Nach dem gemeinsamen Frühstück machte Tanja den Vorschlag, spazieren zu gehen, damit man sich noch ein wenig allein unterhalten konnte, bevor sie wieder in ihren Friseursalon musste. Sie gingen über den Hof an der Scheune vorbei, passierten einen Teich und kamen auf einen Weg, der in einen Wald führte. Als sie kurz davor waren, in den Wald zu treten, drehte sich Eva noch einmal um. Da sah sie Kitty auf der Wiese sitzen, sie sprach vor sich hin. Ihre Zuhörerschaft war so besonders wie sie selbst. Neben ihr im Gras lagen Akira und ein Esel, der, wie sie erfuhr, Otto hieß, zwischendrin liefen Hühner herum, und Eva war sich sicher, dass irgendwo an einem Mauseloch auch noch eine Katze sitzen würde.

## 12  Tanja

Womit fange ich an? Ich habe so viele Fragen. Sollte ich nicht besser Tanja die Regie des Kennenlernens überlassen, als sie mit meinen Fragen zu überfallen? Dies ging Eva durch den Kopf, als sie auf dem schmalen Waldweg hinter Tanja herstapfte. Erst als sie auf dem eigentlichen Rundweg angekommen waren, hakte Tanja sie unter und begann gleich mit einer überraschenden Eröffnung:

»Ich bin nicht die Mutter von den Drillingen.«

»Oh«, sagte Eva nur. Nach ein paar Schritten schickte sie hinterher: »Ich dachte, ich würde mal auf eine ganz normale Familie treffen.«

»Mei Eva, was ist schon normal? Welchen Maßstab setzt du da an? Ein Schmarrn ist das! Die sogenannten normalen Familien sind mir ein Graus, weil sie einen Großteil ihrer Energie darauf verwenden, vor ihren Mitmenschen zu verbergen, was anscheinend nicht so normal bei ihnen ist.«

»Oh sorry, ich habe nicht geahnt, dass ›normal‹ für dich quasi ein Schimpfwort ist«, entschuldigte Eva sich. »Erzähl mir einfach von deinem Leben, bitte.«

»Wenn ich eins gewusst habe in meinem Leben, dann ist es die Tatsache, dass ich allein für mich verantwortlich bin und auch für mein Glück. Werner und Gerda haben mich

immer machen lassen. Ich war eine erfolgreiche Masken-
bildnerin beim Film, als ich John kennengelernt habe. Ich
war 30 und John 26, als seine Freundin schwanger wurde.
Ich hätte nebenbei mit ihm nichts angefangen und war
froh, als ich für ein paar Monate in Österreich bei einem
Filmprojekt arbeiten konnte. Ich habe ihn aber nie vergessen. Als wir uns in München wiedergetroffen haben,
war die Mutter seiner Drillinge ein halbes Jahr zuvor an
einem Gehirntumor gestorben und die dreijährigen Kinder waren einzeln in Pflegefamilien untergebracht. John
und ich wurden bald darauf ein Paar, uns war klar, dass
dies die schlechteste aller Lösungen für die Kinder war.
Zum Glück ergab es sich, dass ein Musikerkollege Käu-
fer für zwei Häuser hier auf dem Hof suchte, Werner und
Gerda verkauften ihr Zweifamilienhaus in Dortmund, sie
zogen in das kleinere hier auf dem Hof und wir wurden
ihre Mieter von dem größeren Haus. Natürlich habe ich
auch meinen Job aufgegeben, ich habe ganz offiziell als
Pflegemutter gearbeitet und meine Mutter hat mich dabei
unterstützt. Das Rapunzel habe ich erst vor drei Jahren
eröffnet, als die Mädels in die weiterführende Schule kamen. Dir ist ja sicher schon unsere Kitty aufgefallen, die
hat Asperger Autismus und ist die Woche über in einem
Internat.«

»Du machst mich sprachlos, Tanja, und auch ein bisschen
beschämt. Was du alles in den letzten Jahren geleistet hast!
Hat das auch etwas mit Kittys Krankheit zu tun, dass sie
erste Sätze aus der Weltliteratur zitiert?«

»Sie sucht sich halt immer Dinge, die sie manisch be-
treibt. Sie hat dieses Buch mit ersten Sätzen aus der Litera-
tur in der Schulbücherei entdeckt und war total fasziniert.«

»Bist du dir sicher, dass du die Mädchen so lieben kannst, als wären sie deine eigenen Kinder?«

»Eva, ich könnte dir deine Frage sicher ehrlicher beantworten, wenn ich eigene Kinder hätte. Ich liebe sie so, wie ich sie halt lieben kann.«

Tanjas schlichte Antwort machte Eva sehr nachdenklich. Hatte ihr (Zieh-)Vater sie auch so geliebt, wie er sie grad lieben konnte?

Die beiden Frauen gingen eine Weile wortlos nebeneinanderher.

»Willst du mir noch erzählen, wie du erfahren hast, dass du ein Samenspenderkind bist?«, fragte Eva.

»Also, das war fast nebenbei, weißt du, als man als Kind wissen wollte, wie Kinder entstehen und so … Na ja, als es dann um den Samen vom Mann ging, hat die Gerda gesagt, dass die Spermienqualität vom Werner nicht so gut war und dass uns ein anderer Mann da geholfen hat. Später hat sie mir dann noch auf mein Nachfragen erklärt, wie die Prozedur abgelaufen ist. Für mich war Werner immer mein Papa und ich habe null Interesse, meinen Samenspendervater kennenzulernen. Ich hatte als Einzelkind eher Interesse zu erfahren, ob es irgendwo Halbgeschwister gibt; deswegen habe ich den DNA-Test gemacht.«

»So kann es also auch gehen«, Eva lachte bitter. »Ich bin so lange angelogen worden, was für ein Vertrauensbruch! Ich bin mittlerweile sicher, dass zur Entfaltung der eigenen Individualität unbedingt die Kenntnis der eigenen Abstammung gehört.«

»Und ich bin sicher, dass zur Entwicklung einer reifen Persönlichkeit die Fähigkeit zum Verzeihen gehört.«

Eva blieb stehen. Schaute zu Tanja auf und fühlte sich wie

ein Kind, dessen Mutter die Gefühle ihres Kindes nicht versteht. »Du hast es nicht erlebt, Tanja«, sagte sie leise.

»Das stimmt, Eva, und ich wollte deine Gefühle nicht verletzen, doch vielleicht erinnerst du dich auch einmal an die schönen Dinge, die du mit deinen Eltern erlebt hast. Das kann wirklich heilsam sein.«

»Ich glaube, ich brauche noch ein wenig, bis ich dafür bereit bin. Weißt du, ich genieße es im Moment, so im Hier und Jetzt zu leben, und ich genieße es so, dich und deine Familie kennengelernt zu haben.«

Tanja drehte sich zu Eva und nahm sie fest in ihre Arme und Eva flüsterte: »Willkommen bei deiner großen Schwester, ich bin ein Jahr älter als du.«

»Danke, du große Schwester«, sagte Tanja lachend, »danke auch dafür, dass du John aus der Patsche hilfst, und ich denke, dass ich mich auch im Namen von Gerda bedanken darf.«

»Eine Laila hat mich heute früh mit der Taxe zu euch gefahren ... wieso hat deine Ma so aufgeregt reagiert?«

»Ach, dann hast du sie ja schon kennengelernt ... ja, die hat halt den John immer angebaggert und überall dummes Zeug erzählt.«

»Ich mein, der ist schon beeindruckend, dein John, ich habe ihn und Kitty im Zug nach Burghausen getroffen. Er hat so eine Aura, also wie ein Star ... ich hätte ihn am liebsten sofort gezeichnet.«

Tanja blieb stehen, bückte sich und schnürte ihre Schuhe fester.

»Und bei dir so, Eva, wie läuft's bei dir zu Hause, so im Allgemeinen?«

»Wie meinst du das?«

Tanja kam hoch und schaute sie an.

»Hey, große Schwester, deine kleine Schwester merkt, wenn du Nebelkerzen wirfst.«

Eva spürte, wie sämtliche Lockerheit bei ihr verschwand, wie sie blockierte, Tanja war so … so souverän.

»Nebelkerzen, was meinst du damit?«, fragte sie eingeschüchtert.

»Schon gut, eigentlich wollte ich nur fragen, wie es mit dir und deinem Mann so läuft?«

»Nicht schlecht, was immer du denken magst, wir feiern nächstes Jahr nicht nur unser hundertjähriges Firmenjubiläum, sondern auch Silberhochzeit.«

»Na, dann ist ja alles in Butter«, sagte Tanja.

»Ja, das ist es«, sagte Eva, »und jetzt freue ich mich ganz doll auf heute Abend.«

»Traust du dir das wirklich zu, John heute Abend zu helfen?«

»Natürlich! Menschen zu bedienen gehört zu meinem Alltag. Dazu kommt, dass ich Jazz liebe und seit ewigen Zeiten nicht mehr in einem Lokal mit Livemusik war. Ich bin total gespannt auf die Atmosphäre im Birdland.«

Als sie vom Trampelpfad durch die Wiese auf den Hof zurückkehrten, sahen sie Werner, der Pfeife rauchend angelehnt an seinem alten Suzuki stand.

»Gerda schickt mich nach Burghausen, da habe ich gedacht, ich warte noch einen Moment, um die Eva zu fragen, ob sie mit mir fahren möchte?«

Wie alle lieb an mich denken, dachte Eva erfreut, umarmte Tanja schnell und stieg zu Werner ins Auto.

## 13  Blue Notes

Das Birdland lag in der Altstadt in einer Gasse mit kleinen Geschäften und Pensionen. Wie in Hollywood gab es dort auch einen Walk of Fame, wo Jazzgrößen verewigt wurden, die in Burghausen schon einmal aufgetreten waren. Insgesamt siebenundvierzig bronzene Reliefplatten waren in den Boden eingelassen. Eva las die Namen und freute sich, wenn sie die Künstler kannte. Bobby McFerrin, Chick Corea und Klaus Doldinger hatte sie sogar schon live erlebt. Dann stand sie vor der gläsernen Eingangstür des Birdland. John wischte gerade über die lange Theke und machte dabei kleine, trippelnde Tanzschritte. Er sah in schwarzer Jeans und schwarzem Hemd sowie der lässigen grauen Weste umwerfend aus. Bevor sie an die Glasscheibe klopfen konnte, hatte er sie schon bemerkt und schloss die Türe mit einer kleinen Verbeugung auf.

»Hallo, da ist ja die superpünktliche Hilfe vom Schwippschwager«, sagte er, und Eva wusste gleich, dass ihn diese Bezeichnung geärgert hatte.

»Ich sag das auch nie wieder, versprochen«, erwiderte Eva und schaute sich um. Vom Eingang aus gesehen hatte das Lokal die räumliche Form eines auf den Kopf gestellten T. Links befand sich eine kleine Garderobe und auf der rechten Seite an der grob verputzten Wand standen schrille Cocktailsessel mit kleinen Nierentischchen. Die Sessel waren mit Stoffen bezogen, auf denen sich unterschiedliche Vögel befanden, wie zum Beispiel Papageien, Raben oder Rotkehlchen. Man befand sich schließlich im Birdland. Gegenüber der langen Theke, die sie an Hoppers Nighthawks erinnerte, gab es eine kleine Bühne sowie drei Stehtische. Auf der Thekenseite führte eine Tür zu den Toiletten und die andere Tür zu einem winzigen Büro, wo Eva ihre Tasche abstellen konnte.

John reichte ihr ein gefülltes Sektglas, um mit ihr anzustoßen.

»Willkommen im Birdland und auf gute Zusammenarbeit an den nächsten zwei Tagen. Sonntag bis Dienstag sind meine Ruhetage, ich schätze mal, dass Sandy bis Mittwoch wieder gesund sein wird. Komm, ich zeig dir erst einmal, was du für deinen Job wissen musst.«

John legte seinen Arm um sie und führte sie hinter die Theke. Als er den Arm wieder von ihren Schultern nahm, spürte Eva ihn trotzdem noch, seine Wärme hatte sich wie ein Schal auf ihre Schultern gelegt. Ein Hauch von Thymian und anderen Kräutern schwebte durch den Raum. Sie musste sich beherrschen; nur zu gern hätte sie jetzt an ihm geschnuppert; so wie sie es in besseren Zeiten bei Jens gemacht hatte.

John begann, sie in die Logistik seines Lokals einzuführen, sie konnte sich nur konzentrieren, wenn sie ihn nicht anschaute, und um sicherzugehen, dass sie auch alles richtig verstanden hatte, fasste sie nochmals das Gehörte zusammen.

»Wunderbar Eva, ich merk schon, du bist vom Fach. Hast du auch irgendeine Beziehung zum Jazz?«

»Habe ich. Mein älterer Sohn Tim studiert Jazzmusik in Amsterdam. Wie du spielt er Trompete, aber er hat auch eine tolle Stimme.«

»Das kann ja alles irgendwie kein Zufall sein. Wenn wir morgen ein bisschen Zeit haben, musst du mir mehr von ihm erzählen. Eigentlich wollte ich dich heute Morgen noch fragen, welches Adjektiv für dich charakteristisch ist; hab mich aber nicht getraut.«

Eva zögerte.

»Fragst du mich als Nächstes, welches Tier ich gerne wäre?«

John lachte laut auf.

»Fühlst du dich grad auf der Couch?«

»Puh, ihr seid irgendwie eine Psychofamilie. Was stellt ihr bloß für Fragen! Lass mich erst einmal hier ankommen, ich habe doch noch nicht alles gesehen!«

»Macht dir Psycho Angst?«, fragte John, während er ganz locker an der Theke lehnte und sie lächelnd ansah.

»Hör auf! Bitte!«

Eva versuchte ihn zu ignorieren und schaute sich die zahlreichen Schwarz-Weiß-Fotos an, die an den Wänden hingen. Die Ausstellung hieß »Körper«, erklärte ihr John, und Eva stoppte ihren Schritt vor einem Foto, das einen weiblichen und männlichen nackten Körper zeigte, die aufeinanderlagen, ohne dass die Gesichter zu sehen waren. Die Fotografin hatte ihre Fotos mit Texten versehen und Eva las laut vor:

»immer wenn meine haut
an deiner klebt
und ich bin

gleich einem kind
im mutterschoß
kämpft die fremdheit mit mir
zwängt sich
zwischen unsere körper
und ich spüre
sie gewinnt«

»Interessant«, kommentierte Eva. Sie traute sich nicht, sich zu John zu drehen, da sie schlucken musste. Der Text hatte sie erwischt; er hätte auch von ihr sein können. So hatte sie manchmal empfunden, als sie mit Jens noch das Bett teilte. Das Internetradio spielte *Love me or leave me*, ausgerechnet.

»Ich glaub, die Band will rein«, sagte Eva und zeigte nach draußen, wo drei Männer gerade versuchten, auf sich aufmerksam zu machen.

Als John zur Tür ging, um aufzuschließen, fügte sie hinzu: »Ach ja, da wäre ja noch das Adjektiv … mir fällt da grad nur *lost ein*.«

John schaute kurz über seine Schulter, zog seine Augen zusammen und schüttelte den Kopf; er war wohl irritiert. Dann begrüßte er die drei Musiker, die den Bossa-Nova-Abend gestalten sollten: Gitarre, Bass und Saxophon.

Das Lokal füllte sich zur Öffnungszeit nur langsam; Eva war es recht; so musste sie nicht gleich 100 Prozent bringen. Doch ab 20 Uhr stand das Publikum dicht an dicht, die Gäste bewegten sich leicht zur Musik und Eva kam beim Bedienen in einen Flow, der sie euphorisierte.

Der weiche, fließende Charakter des Bossa Nova beeinflusste anscheinend auch die Stimmung der Gäste. Es herrschte eine mediterrane Leichtigkeit im Birdland und es wurde viel geflirtet. Auch mit Eva. Flirten verunsicherte sie; die Versuche, mit ihr anzubändeln, bemerkte sie zwar, doch beim Spiel der Geschlechter war sie eine absolute Novizin. Es war kurz vor 22 Uhr, die Eingangstür stand noch offen, als Laila das Birdland betrat. An ihrer Hand eine Frau im dunkelblauen Businessanzug, blonder Bubikopf. Wie weiland Moses das Wasser, schaffte Laila es, die Gäste zu teilen, und durch den Gang, der so entstand, schlenderte sie mit der Frau zur Bühne. Sie benötigte nur eine kleine Handbewegung, der Bassist beugte sich zu ihr hinab und sie flüsterte ihm etwas ins Ohr. Wenige Minuten später beendete die Band ihre Pause. Eva sah Johns entsetzten Blick, als Laila mit ihren Stilettos die Bühne betrat, doch wie sollte er es ohne Aufsehen verhindern? Es war ihre Bühne, das verriet ihre Körperhaltung, ihre Attitude. Es fiel Eva verdammt schwer, weiter zu bedienen, denn sie wollte Laila bei ihrer Performance beobachten, wünschte sich nur ein Hundertstel von der Coolness, mit der Laila sich Dinge herausnahm. Gleichzeitig war es auch eine Ohrfeige für John, so dass sie sich fragte, mit welchem Ego Laila gesegnet sein musste, um sich das zu trauen. Laila begann leise; *ole devil called love*. Eva kannte die Version von Billie Holliday und Alison Moyet, aber Lailas Interpretation war anders, wesentlich schmutziger, trotzdem gut. Das Publikum klatschte um Zugabe, doch anscheinend unbeeindruckt verbeugte sie sich kurz und ging zu der Frau im Businessanzug zurück. Eva kassierte gerade bei Gästen ab, als sie von ihr angesprochen wurde.

»Welche Überraschung, der Frühstücksgast von der Tanja arbeitet jetzt beim John! Hast du deiner Tochter die

Turnschuhe geklaut?« Sie zeigte feixend auf die rosa Schuhe von Eva. Ehe die sich noch sammeln konnte, traf sie schon das nächste verbale Geschoss.

»Der gute John hat ja ein Faible für Frauen, die sein Licht noch heller scheinen lassen. Sei so gut und bring uns zwei Hugos, bittschön.«

Eva konnte sich nicht erinnern, wann sie sich das letzte Mal derart gedemütigt gefühlt hatte. Was hatte sie dieser Frau bloß getan? Ohne eine Miene zu verziehen, brachte sie den beiden Frauen ihre Getränke. Während Eva einen Tisch abräumte, hörte sie, dass Laila von einem Gast angesprochen wurde.

»Where are you from my dear?«

»From Burghausen«, war Lailas schroffe Antwort.

»Oh, I'm sorry. I mean my father immigrated from Algier to Florida and there he met my mother. She left Cuba as a child. So I'm an african-caribian mixture. And which mixture are you?«

In dem Moment ging Eva mit einem vollen Tablett Gläser an den beiden vorbei. Laila zischte nur: »I don't speak with racists.« Der Gast suchte sich kopfschüttelnd einen anderen Platz.

Hinter der Theke hatte John den Konflikt bemerkt, er wusste nur nicht, worum es ging, sagte aber zu Eva, dass er vor den Gästen nichts eskalieren lassen wollte. Sie sah das auch als ihren Auftrag an, bis – ja bis Phil Burghoff ins Birdland gestürmt kam.

Laila und die Frau im Businessanzug standen mittlerweile knutschend an einem Stehtisch und schienen vollkommen überrascht von Burghoffs Attacke. Er riss die Frau im Businessanzug von hinten mit beiden Händen an ihren

Oberarmen zurück und drehte sie mit Schwung zu sich. Das Adrenalin ersetzte wohl in seinem Fall die fehlende Körperspannung, dachte Eva, doch dann dachte sie gar nichts mehr. Denn Phil Burghoff, der intellektuelle Kulturschaffende, dessen Augen fast aus dem Kopf traten, zischte nur »du blöde Fotze« und umfasste mit beiden Händen den Hals der Frau. Eva befand sich in einem Déjà-vu, und ohne zu zögern, trat sie Phil Burghoff zwischen die Beine. Der sank mit einem Schmerzensschrei zu Boden, wo ihn zwei männliche Gäste in den Schwitzkasten nahmen. Geistesgegenwärtig führte Eva die Frau im Businessanzug auf die Damentoilette, um sie erst einmal aus der Schusslinie zu nehmen.

»Ich bin Eva.«

»Danke, danke, ich weiß gar nicht, wie mir geschehen ist. Ich heiße Melanie Ellenberger, denken Sie bloß nicht, dass ich mit dem Mann zusammen bin, der stalked mich.«

»Ich denke gar nichts, außer dass der Mann auch kein Recht hätte, Sie anzugreifen, wenn Sie mit ihm zusammen wären.«

Melanie rutschte mit ihrem Rücken an den Fliesen herunter und stoppte in der Hocke. Ihre Füße, auf die sie hinunterblickte, steckten in Make-up farbigen Pumps, die Eva bislang nur bei Frauen im TV gesehen hatte.

»Ich weiß auch nicht … ich bin eigentlich nicht so … ich bin sonst immer die Brave, Korrekte …«

Eva hatte das Gefühl, dass Melanie mit sich selbst sprach; deswegen hielt sie sich zurück. Stattdessen reichte sie ihr die Hände, um sie hochzuziehen.

»Kann es sein, dass Burghoff Sie gestern zu einer Vernissage eingeladen hat?«

»Ja, hat er. Woher wissen Sie das?«

Die Tür der Damentoilette öffnete sich einen Spalt; im Lokal standen zwei Polizisten, die mit Gästen redeten, und Laila deutete Melanie an, dass sie kommen sollte.

»Wo ist er?«, fragte Melanie ängstlich.

Laila zeigte auf einen Polizisten und hielt ihre Hände über Kreuz.

»Gott sei Dank!« Mit einem tiefen Seufzer umarmte Melanie Eva und beide Frauen verließen die Toilette.

Zum zweiten Mal in dieser Woche musste Eva Polizisten darüber unterrichten, dass ein Mann eine Frau angegriffen hatte und wie ihre eigene Rolle dabei gewesen war.

Die noch anwesenden Gäste bestätigten ihre Aussage. Sie versuchte anschließend, wieder ihren Job zu machen, aber die Stimmung bei den verbliebenen Gästen sowie bei ihr hatte einen Grauschleier bekommen. Melanie und Laila verließen das Birdland gemeinsam mit den Polizisten und um 23.30 Uhr baten die letzten Gäste um die Rechnung.

John schloss die Tür hinter ihnen ab und begann, ohne Eva einzubeziehen, mit den Aufräumarbeiten.

»Ich würde gern die Abrechnung machen«, sagte Eva zaghaft und überlegte, was sie wohl falsch gemacht haben könnte.

»Ich habe vorhin nicht verstanden, was du mit dem Adjektiv *lost* meintest. Jetzt habe ich eine Ahnung, was du meinst.«

»Wie bitte?« Eva glaubte, sich verhört zu haben; in Johns Stimme war ein Vorwurf zu hören.

»Du bist ja aufgetreten wie eine Killerin! Ich bin erstaunt, wie viel Aggression in dir steckt. Ist es das, was du mit *lost* gemeint hast?«

Eva benötigte ein paar Augenblicke, um sich zu sammeln. Das hatte sie nun davon, wenn sie ehrlich Einblick in ihr Seelenleben gab. Sie würde jetzt nicht ihrem ersten Impuls nachgeben und sich entschuldigen, das hatte sie ihr Leben lang gemacht.

»John, wir kennen uns grad ein paar Stunden. Ist es nicht so, dass wir alle mehr Facetten in uns haben, als der erste Eindruck zeigt? Ich zum Beispiel war erstaunt, wie bereitwillig du Laila die Bühne gegeben hast, obwohl du ihr gekündigt hast. Ich könnte jetzt denken, du wärest feige, aber das denke ich nicht. Ich denke, dass du als Gastronom immer abwägen musst, ob deine Reaktionen sich nicht als selbstschädigend auswirken.«

»Danke, dass du so denkst, Eva. Bei Laila kommt noch hinzu, dass sie leider einiges an Rassismus erfahren hat, und ich möchte mir ungern nachsagen lassen, dass ich auch dazugehöre.«

»Rassismus? Sie hat krause Haare und ist ein wenig dunkler als wir beide. Und überhaupt … sie verhält sich nun wirklich nicht wie ein Opfer!«

»Lailas Vater stammt aus Marokko und ich habe nicht vor, mit dir über ihre diskriminierenden Erfahrungen zu diskutieren. Komm, lass uns jetzt abrechnen.«

John brühte ihr noch einen Tee auf, was Eva aber nicht mit ihm versöhnen konnte. Ihr Verliebtsein hatte Schatten bekommen. Er war wahrhaftig wie Ritter Roland für Laila eingesprungen und für Eva war damit klar, dass die Kündigung niemals von ihm ausgegangen war.

Nachdem sie von John an ihrem Hotel abgesetzt wurde, ging sie gleich zu Bett. Sie war hundemüde, doch an Schlaf war nicht zu denken.

Es surrte in ihrem Kopf. Geschehnisse und Gespräche vom Tag überlappten sich wie in einer wilden Multimedia-Show. Sie war in dieser Show nicht die Regisseurin, sondern eher die Kabelträgerin, obwohl … hatte sie nicht mit dem Fußtritt gegen Phil Burghoff kurzzeitig die Heldinnenrolle übernommen?

Doch John hatte sie abfällig »Killerin« genannt, ihm schien ihre Aktion sogar peinlich gewesen zu sein. Sie war ja über sich selber überrascht. Eine kleine Frau, die ihr Bein als Waffe einsetzt, um jemanden zu helfen. Sie war sicher, dass sie bei ihrer Rettungssituation nicht Melanie, sondern sich selbst im Würgegriff gesehen hatte. Aggression war auch für sie eine unbekannte Facette, die brauchte bestimmte Bedingungen, um in Erscheinung zu treten. Die Reaktion von John darauf, hatte sie schockiert, ihre Schwärmerei sofort abkühlen lassen. Allerdings nur rein menschlich gesehen. Körperlich übte er eine nach wie vor große Anziehung auf sie aus, die sie immer mehr verwirrte. Sobald sie in seiner Nähe war, spürte sie, dass ihr Körper noch nicht tot war, dass er empfänglich war für sinnliche Reize.

Eva verließ noch einmal das Bett, zog die Vorhänge zu und stellte sich vor den Spiegel, der im Kleiderschrank eingelassen war. Sie ließ ihren Schlafanzug auf den Boden fallen und betrachtete zum ersten Mal seit langer Zeit ihren nackten Körper. Bis dass sie 18 Jahre war, hatte sie gehofft, noch zu wachsen; in ihrem Ausweis war ihre Größe mit 154 cm angegeben. Sie hatte eine kleine, noch ziemlich straffe Brust mit dunklen Brustwarzen. Ja, sie war wirklich mager, doch am meisten störte sie ihr flacher Po. Ihr Schamhaar war dicht gewachsen; sie wusste gar nicht, wie lange sie es nicht mehr rasiert hatte. Seitdem sie vor einem Jahr in Tims Zimmer übergesiedelt war und dort schlief, hatte sie sich noch nicht einmal selber gestreichelt, ihre Vulva war unbekanntes Land geworden, wenn man von dem schnellen Berühren unter der Dusche einmal absah. Die Haut an Armen und Beinen schuppte. Am Nachmittag hatte sie sich ein Massageöl gekauft, dass nach Patchouli roch, weil ihre Mutter einmal erzählt hatte, dass dies der Lieblingsduft in ihrer Jugend gewesen war. Damit begann sie, sich einzuölen. Erst ihre Arme, dann die Beine, zuletzt Brust, Bauch und den Rücken dort, wo ihre kurzen Arme eben hinkamen. Draußen schlug die Kirchenuhr zweimal. Sie hatte das Ölfläschchen schon wieder verschlossen und sich das Oberteil des Schlafanzuges übergezogen, als sie kurz die Augen schloss und in sich hineinhörte. Dann tupfte sie sich erneut Öl auf ihre Finger und berührte ihre Vulva. Sich selbst im Spiegel dabei zu sehen, löste Lust, aber auch Scham aus. Sie löschte das Licht und kroch unter ihre Bettdecke. Als sie am frühen Morgen erwachte, lag ihre Schlafanzughose noch auf dem Boden. Sie stand auf, zog sie an, legte sich wieder ins Bett und hoffte auf eine Fortsetzung ihres Traumes, der eindeutig erotisch gewesen war.

## 14  Cora Sturm wird aktiv

Schon lange hatten die Einwohner von Nettelbach nicht mehr erlebt, dass die Fenster von Coras Fachwerkhaus weit geöffnet waren und die Regenbogenflagge vorm Eingang gehisst war. An diesem frühen Samstagmorgen drang sogar Schlagermusik nach draußen. Cora hatte solch eine gute Laune, dass sie manchmal mitsang und den Nachbarn, die erstaunt zu den geöffneten Fenstern hochschauten, fröhlich zuwinkte.

Zwei Nachrichten, die sie erhalten hatte, waren der Grund für ihre gute Stimmung. Eine Freundin hatte ihr geschrieben, dass Coras Ex, Tatjana, wieder in Köln gesichtet worden war; die neue Freundin auf Mallorca hatte sich wohl von ihr getrennt. Cora bräuchte jedenfalls keine Energie mehr darauf zu verwenden, Rachepläne zu schmieden, das zerbrochene Liebesglück ihrer Ex reichte als Genugtuung. Letzte Nacht erhielt sie dann über den Facebook-Messenger von einer Laila (nebenbei, eine echte Sahneschnitte!) die Nachricht, dass Eva Sonnenschein in einem Jazzclub namens Birdland in Burghausen arbeiten würde. Da hatte sie in Geografie aber nicht aufgepasst, dieses Örtchen musste gegoogelt werden. Es war weit weg in der bayrischen Pampa; die Salzach trennte Burghausen von Österreich. Sie war gespannt, ob Jens Sonnenschein eine Idee hatte, wieso sich seine Frau ausgerechnet dorthin geflüchtet hatte. Sie wählte die Nummer seines Privathandys. Sofort war ein atemloses »Ja« zu hören.

»Ihre Frau arbeitet in einem Jazzclub in Burghausen als Kellnerin.«

»Wie bitte?«

»Fällt Ihnen dazu etwas ein?«

»Nein! Sie hatte mir doch beim letzten Telefonat gesagt, dass sie etwas zu erledigen hätte. Wo liegt denn dieses Burghausen?«

»Am Arsch der Welt, oder genauer in Südostbayern an der österreichischen Grenze. Ich habe die genaue Adresse des Jazzclubs. Wollen Sie dorthin fahren?«

»Ich? Wie stellen Sie sich das vor? Es ist Wochenende, mein Café ist am Nachmittag ausgebucht. Meine Frau fehlt schon an allen Enden. Könnten Sie nicht …?«

»War das jetzt ein Auftrag für eine Entführung?«

»Natürlich nicht!« Sonnenschein zögerte. »Eher … sagen wir mal, eher für eine Sondierung.«

»Dann sagen Sie mir einmal in einem Satz, wie mein Auftrag lautet.«

Cora hörte im Hintergrund eine männliche Stimme soufflieren.

»Fahren Sie dorthin, finden Sie heraus, warum Eva ausgerechnet in Burghausen ist, und sagen Sie ihr, dass ich unbedingt mit ihr reden will. Nur reden. Dann sehen wir weiter.«

»Okay, da wäre nur noch etwas …«

»Wie viel?«

»Tausend …«

»Okay, überweise ich Ihnen, aber Belege sammeln, hören Sie!«

»Sonnenschein, ich bitte Sie! Noch so ein paar Töne und ich werde plötzlich krank.«

»Sorry, Frau Sturm, Sie haben ja recht. Meine Nerven liegen zurzeit blank. Wann werden Sie losfahren?«

»Bei Morgengrauen, dann bin ich hoffentlich gegen Mittag dort.«

»Gute Fahrt, ich zähle auf Sie!«

»Moment, ich hätte noch eine Frage …«

»Ich höre …«

»Haben Sie eigentlich Sehnsucht nach Ihrer Frau?«

»Äh … nächste Frage!«

»Ich frage für eine romantische Freundin.«

»Zu privat.«

»Ich überlege gerade, was ich Ihrer Frau sagen soll, um sie zu überzeugen, zu Ihnen zurückzukommen. Sie gelten bei der weiblichen Bevölkerung als überaus charmant. Leider spüre ich nichts davon. Soll ich Ihrer Frau etwa nur in aller Schlichtheit sagen, dass ihr Mann will, dass sie nach Hause kommt?«

»Das sehen wir dann. Ich kann jedenfalls vor 20 Uhr nicht über Gefühle nachdenken und mich Ihnen gegenüber am Telefon darüber äußern, geht gar nicht. Nochmals gute Fahrt.«

Sonnenschein hatte aufgelegt.

Cora Sturm tat einen tiefen Seufzer. Dieses kurze Gespräch war wieder einmal der beste Beweis, dass Männer und Frauen einfach nicht zusammenpassen. Es gibt doch nichts Unterschiedlicheres als die Gefühlswelt von Männern und Frauen. Die romantische Liebe, ein großer Irrtum in der langen Geschichte der Menschheit.

Cora dachte an die Leidenszeit ihrer Mutter und dass sie sich schon als Jugendliche entschieden hatte, niemals mit einem Mann zusammenzuziehen. Damals war sie noch unsicher, ob sie wirklich nur auf Frauen stehen würde.

Wobei …, wenn sie an die letzten Monate dachte, sie war ja auch sehr unglücklich wegen einer Frau gewesen. Vielleicht müsste sie lernen, nicht so himmelhochjauchzend zu lieben, sondern so wie Sonnenschein auf Sparflamme oder so. Cora schüttelte den Kopf und pickte die Brötchenkrümel auf, die neben dem Frühstücksbrettchen lagen. Das würde genauso wenig zu ihr passen wie eine Diät. Sie beschloss aber trotzdem, dass zwei Brötchen reichen würden, und begann, sich gedanklich auf ihre Reise nach Burghausen vorzubereiten.

## 15  Jens und Söhne

Jens Sonnenschein schob seinen Teller beiseite und schüttelte den Kopf.

»Ihr könnt mir noch hundertmal die gleiche Frage stellen und ich werde euch hundertmal die gleiche Antwort geben. Ich habe mich gegenüber eurer Mutter wie immer verhalten. Es hat keinen Streit gegeben.«

»Vielleicht ist das genau das Problem«, erwiderte Tim.

»Wie meinst du das?«, herrschte Sonnenschein seinen ältesten Sohn an.

»Papa, ich erklär dir das gerne. Aber bitte entspann dich. Ich will dich doch unterstützen!«

Sonnenschein stand auf und ging zum Kaffeeautomaten. Während die Milch für den Cappuccino aufschäumte, drehte er sich zu seinen Söhnen: »Na wenigstens habe ich Opa die Wahrheit gesagt, als ich ihm erzählte, dass Mama in Bayern Urlaub macht.«

»Wie schön, dass du selbst in solch unwichtigen Dingen noch etwas Positives sehen kannst«, meinte Tim und wurde sogleich von seinem Bruder Max in die Seite geknufft.

»Kann es vielleicht sein, dass Mama ein Adoptivkind ist?«, fragte Max vorsichtig.

Beide Söhne schauten Jens erwartungsvoll an.

»Vorige Woche hätte ich noch geantwortet, dass das unmöglich wäre. Ich werde heute Abend nach den Fotoalben schauen, die Mama aus der Wohnung ihrer Eltern mitgebracht hat. Es gibt Bilder von Oma aus ihrer Schwangerschaft mit Mama. Aber im Raum steht ihre Bemerkung, dass sie vielleicht keinen kölschen Stammbaum hat ...«

Tim schaute gedankenverloren aus dem Fenster.

»Einen kölschen Stammbaum hätte sie von Opas Seite; vielleicht hat sie erfahren, dass Opa gar nicht ihr Vater ist.«

»Ja, aber warum um Himmels willen muss sie dann nach Bayern abhauen?«

»Weil sie vielleicht herausgefunden hat, dass ihr leiblicher Vater in Bayern lebt.«

Jens Sonnenschein hatte den Eindruck, dass Tim regelrecht verliebt in seine Idee war. Ihn hielt nichts mehr auf seinem Stuhl. Er fischte sein Handy aus der Jackentasche und googelte *Kuckuckskinder.*

»Also, die Wissenschaft geht davon aus, dass ein Prozent der in Deutschland geborenen Kinder Kuckuckskinder sind. Anders ausgedrückt: es werden jedes Jahr ca. 7900 Kuckuckskinder in Deutschland geboren.«

Max stieg auf die Hypothese seines Bruders ein.

»Nach Omas Tod hing sie ja auch ständig an ihrem Rechner und behauptete, sie mache Buchhaltung. Da wird sie wohl recherchiert haben.«

Jens Sonnenschein lachte bitter auf.

»Stimmt, sie hat angeblich immer Buchhaltung gemacht ... da hatten wir so manchen Streit.«

Der Konditor registrierte, dass Max ihn sehr lange anschaute. Mehrmals nahm er einen Anlauf, um etwas zu sagen.

»Also Papa, ich hätte davon niemals angefangen … aber in der jetzigen Situation muss ich dich das fragen.«

Jens Sonnenschein wischte sich den Milchschaum von der Oberlippe.

»Jetzt bin ich aber gespannt, Junior …«

Max holte noch einmal tief Luft.

»Vielleicht hat sie von deiner Affäre erfahren.«

Sonnenschein zeigte außer einem kleinen Lächeln keine Emotionen.

»An welche Affäre hast du da gedacht?«

»Papa, komm, tu nicht so! Es ist mir schon peinlich genug, mit dir darüber zu reden.«

»Deswegen sollten wir an dieser Stelle das Gespräch auch abbrechen. Bei aller Liebe denke ich, dass ich meinen Söhnen gegenüber darüber nicht auskunftspflichtig bin. Es hat keine Affären gegeben, auch wenn eure Mutter mittlerweile in Tims Zimmer schläft.«

»Und die Bürgermeisterin …?«

Jens Sonnenschein blieb entspannt.

»Ach die, kann sein, dass die etwas von mir wollte. Die nimmt doch jeden, der nicht bei drei auf dem Baum ist.«

Tim sprang auf und begann die Kaffeetassen wegzuräumen.

»Schluss Papa! Das ist mir grad zu viel Information und frauenfeindliches Statement. Du gehst also davon aus, dass diese Detektivin es schafft, Mama zu überreden, dass sie wieder nach Hause kommt?«

»Das wäre natürlich mein größter Wunsch, aber es wäre auch genauso wichtig für mich, zu erfahren, was sie eigentlich so beschäftigt, dass sie deswegen sogar ihr Zuhause verlassen hat. Ich habe vollstes Vertrauen in Cora Sturm. Sie wird nicht ohne ein Ergebnis zurückkommen.«

# 16  Burghausen

Eva hatte sich ein Fahrrad gemietet. Ein Radl, wie man hier
sagte. Sie wollte an der Salzach entlang die fünf Kilometer
bis zum Kloster Raitenhaslach fahren und von dort aus
waren es vielleicht noch 800 Meter bis zum Einödhof von
Tanja. Sie solle sich am Riesenfisch aus Holz orientieren,
hatte man ihr im Hotel gesagt. Die Skulptur war eine Re-
miniszenz an den Belugastör, der früher in kleineren Exem-
plaren auch aus der Salzach gefischt wurde. Sie fuhr weiter
durch das Bräugartl, ein kleiner Park mit Obstbäumen, und
vorbei an einem langsam fließenden Bach, der sich durch
die Wiesen schlängelte, bis sie zur Salzach kam. An deren
Steilhängen entstand durch Verbindung mit kalkhaltigen
Quellen und Moosen der Kalktuff, der als Baumaterial für
die Burg und zahlreiche Häuser hergenommen wurde. Sie
hielt an, um ein Foto zu machen, dann hörte sie ein Geräusch; ein irritierendes Geräusch. Weinte da jemand? Ja,
es war wohl so. Sie hörte ein Schnäuzen. Durch die hohen
Sträucher konnte sie nicht bis zum Ufer sehen. Nichts wie
weg, dachte sie. Aber wenn jemand ihre Hilfe bräuchte? Sie
rief »Hallo«. Ein leises Hallo, das schon irgendwie signali-
sierte, dass sie nicht darauf hoffen würde, dass sich jemand
meldete. Sie hörte einen schnellen Gang durch die Ufer-

kiesel. Da lief jemand vor ihr weg. Sie wollte gerade ihre Fahrt fortsetzen, als ein Mann die Sträucher beiseiteschob und auf den Weg trat. Kurz trafen sich ihre Blicke. Seine Augen waren gerötet. Eva sprang gleich aufs Rad, sie traute sich noch nicht einmal umzuschauen. Sie floh vor einem Mann, der sich – warum auch immer – ein beschauliches Plätzchen gesucht hatte, um zu weinen. Damit konnte sie nicht umgehen. Sie hatte Jens in den über zwei Jahrzehnten, in denen sie zusammen waren, nur einmal weinen gesehen, als seine Mutter gestorben war. Selbst als die Jungs geboren wurden, hatte er nicht vor Freude geweint. Sie trat noch ein wenig schneller in die Pedale, um dieses unangenehme Erlebnis hinter sich zu lassen.

Als sie beim Einödhof ankam, stand John draußen und telefonierte. Er nickte ihr zu und deutete auf den Garten. Hinterm Schuppen bot sich ihr ein Bild, das in jede Landlust-Zeitschrift gepasst hätte. Auf der bunt blühenden Wiese, auf der Insekten um die Wette surrten, stand ein Maulbeerbaum. Beim genaueren Hinschauen entdeckte sie Werner im Baum, der die winzigen Früchte in ein Eimerchen beförderte. Akira wühlte mit ihrer Schnauze im Gras. Sie hatte gelernt, dass die köstlich süßen Früchte bei der kleinsten Erschütterung auf dem Boden landeten. Ihre Schnauze war dunkelrot gefärbt; genau wie Werners Hände und sein Hemd, das wohl einmal hellblau gewesen war. Etwas abseits stand unter einem Apfelbaum ein großer Teakholztisch mit zwei Bänken, an dem saßen Tanja und ihre Mutter Gerda und sortierten aus einem Eimer die reifsten Feigen aus, die im Rumtopf verschwinden sollten. Gerade als sich Eva zu den beiden Frauen gesellen wollte, kamen die Drillinge aus dem Haus gelaufen.

»Der Schächler Jakob ist mit dem Transit gekommen«, rief eine und schon waren sie um die Ecke gebogen.

»Ach, der Schächler Jakob und sein Theater«, seufzte Gerda. »Der hat für mich gesagt, wenn ich bayrisch lerne, darf ich mitmachen. Da hab ich für den gesagt, dass er ein Stück schreiben soll, wo eine verrückte Alte aus dem Kohlenpott in Bayern en Mann sucht.«

Gerda lachte ein Lachen, für das sie mindestens 10 000 Zigaretten geraucht haben musste.

»Bei euch ist immer was los«, stellte Eva fest.

»Hallo Eva, ist wohl ein bisschen harmloser als im Birdland gestern Abend. Hast du dich von dem Schrecken erholt?«

Tanja schaute sie besorgt an.

»Tja, nach 22 Uhr war es nicht mehr so toll, für mich war es ja ein Déjà-vu.«

»Ein Déjà-vu?«, fragte Gerda neugierig.

»Am Dienstag hat mich ein total zugedröhnter Typ in Wacken bis zur Bewusstlosigkeit gewürgt und in einem abgerockten Campingbus entführt.«

Gerda und Tanja hielten sich erschrocken die Hände vor den Mund.

»Das hast du aber nicht dem John erzählt, stimmts?«

Eva schaute sie kopfschüttelnd an.

»Nein, wieso sollte ich, er hatte mich ja schon als Killerin bezeichnet.«

»Ja, ich habe das Gefühl, bei euch ist irgendwie die Luft raus«, seufzte Tanja.

Welche Luft?, dachte Eva. Was um Gottes willen hat er den beiden Frauen bloß erzählt? Im gleichen Moment kam John in den Garten geschlendert und hockte sich vor Eva hin.

»Gute Nachrichten für dich, Eva, du hast heute Abend frei; Sandy ist wieder gesund.«

John schaute beim Sprechen an ihr vorbei und sein Lächeln wirkte aufgesetzt.

»Prima«, antwortete Eva und bemühte sich um Augenkontakt. Ihr fiel nur Gehässiges ein, was sie ihm entgegenschleudern könnte. Leider war sie gut erzogen.

»Dann habe ich ja ausgiebig Zeit, die Drillinge zu zeichnen«, sagte Eva schließlich und schaute lächelnd in die Runde, doch tief drinnen brodelte ein Vulkan.

»Da bin ich gespannt«, antwortete John, während er schon wieder aufgestanden war, seiner Frau eine Kusshand zuwarf und im Haus verschwand.

Tanja rückte an ihre Seite und nahm sie wortlos in die Arme.

»Hat der dir denn für gestern Abend dat Geld gegeben?« Gerda legte ihre Unterarme auf den Tisch, schaute Eva an und wartete mit hochgezogenen Augenbrauen auf eine Antwort.

»Nein, aber das will ich auch nicht mehr. Ich wollte euch doch nur einen Gefallen tun. Und nun Schluss, ich möchte nicht mehr darüber sprechen. Ich schau mal, ob ich den ersten Drilling überreden kann, mir Modell zu stehen.«

Eva ließ die beiden ratlos schauenden Frauen zurück und schlenderte Richtung Innenhof. Ein Königreich für einen Boxsack, dachte sie. Sie bräuchte jetzt irgendetwas, an dem sie sich abreagieren könnte. In was geriet sie da nur immer hinein und wieso bemühte sich keiner, ihre Persönlichkeit ein wenig zu verstehen?

Das Scheunentor stand sperrangelweit auf. Nach draußen drang das Durcheinander von Mädchenstimmen. Gelächter war zu hören und ab und an eine sonore Männerstimme.

Eva entschied sich, die Mädels zu rufen. Aus der Scheune trat ein Mann. Nein, nicht ein Mann, sondern der Mann.

Er stand plötzlich vor ihr, der Mann, der an der Salzach geweint hatte.

Eva errötete. Der Mann stoppte kurz seinen Schritt, dann verschwand er mit einem knappen Kopfnicken im Transit. Warum sie wie angewurzelt stehen blieb, konnte sie später selber nicht sagen, sie blieb es einfach. Er kam mit einer großen Kleberolle aus dem Auto, setzte sich in die offene Tür und schaute sie an.

»Ich bin übrigens der Schächler Jakob und nicht der Teufel«, stellte er sich vor.

»Der Teufel … wieso der Teufel?«

»Nicht der Teufel«, antwortete er.

»Natürlich«, sagte sie. »Natürlich sind Sie nicht der Teufel.«

»Aber jetzt frage ich mich mit meinem schlichten Hirn, wenn ich nicht ausschaue wie der Teufel, warum flieht die Frau dann wegen mir?«

»Weil Sie, weil Sie … ach, da müsste ich länger ausholen.«

»Wenn's dir recht ist, trinken wir nach der Probe einen Wein zusammen. Dann habe ich Muße, dir zuzuhören.«

»Nach welcher Probe?«

»Hier in der Scheune proben wir unser Theaterstück *Modenschau im Ochsenstall*.«

»Aha, und wer spielt den Ochsen?«

»Du könntest einen nennen?«

Kitty kam aus der Scheune gelaufen. Eva deutete ihr an, mit ihr hinter das Haus zu kommen, und ohne sich von Jakob Schächler zu verabschieden, schlenderte sie hinter dem Kind her.

»Mit wem hatte ich denn die Ehre?«, rief er, als sie fast im Garten verschwunden war.

Ehe sie noch antworten konnte, rief Kitty, ohne sich umzudrehen: »Das ist Eva, Mamas Schwester.«

Tanja hatte in der Zwischenzeit den Teakholztisch gesäubert und einen Klappstuhl mit einem bequemen Kissen dazugestellt. Eva präsentierte Kitty ihre Zeichenutensilien und erklärte ihr, dass sie mit Bleistift die Skizze anfertigen würde, um dann mit Kohle dem Gesicht Charakter und Kontur zu geben.

Während Kitty brav Modell saß, erinnerte sie Eva sehr drängend daran, ihr versprochen zu haben, einen weiteren ersten Satz zu präsentieren. Sie wiederholte in Dauerschleife, dafür in unterschiedlichsten Stimmlagen und Lautstärken, »du hast es mir versprochen, du hast es mir versprochen, du hast es mir …«.

Eva hätte lieber über den Schächler Jakob nachgedacht, der mit seinem Glatzkopf und seiner bayrisch barocken Art so gar nicht ihr Typ war. An dem war alles irgendwie mächtig. Dieses Kreuz, sein Schädel, seine Pranken! Unfassbar, dass sie dieses Muskelpaket beim Weinen überrascht hatte!

Kitty quengelte weiter. »Na gut«, sagte Eva und überlegte eine Weile.

»Um den Klapperstorch anzulocken, streute das geschwisterlose Mädchen jeden Abend Zucker auf die Fensterbank, den die Mutter gleich, wenn das Kind eingeschlafen war, mit einer Hand wegfegte.«

Eva musste, während sie Kitty zeichnete, ihren Satz unzählige Male wiederholen. Irgendwann begann Kitty ihn mitzusprechen, bis sie ihn alleine auswendig aufsagen konnte.

Eva wunderte sich, dass ihr ausgerechnet dieser Satz eingefallen war. Es mag vielleicht 40 Jahre her gewesen sein, als sie unbedingt ein Geschwisterchen haben wollte. Ihre alte Nachbarin, Frau Gudeit, die aus Ostpreußen kam und ihr immer in die Wangen kniff, damit sie schön rot werden sollten, hatte ihr irgendwann verraten, dass der Zucker den Klapperstorch anlocken würde, und wenn er dann der Mama mit seinem langen Schnabel in den Oberschenkel biss, bekäme sie ein weiteres Baby. Zwei, drei Jahre später, als sie sich getraut hatte, der Mutter zu erzählen, dass sie so traurig war, dass der Klapperstorch sich zwar den Zucker geholt hat, die Mutter aber kein weiteres Kind bekommen hatte, lachte ihre Mutter: »Dummchen, sobald du im Bett warst, habe ich den Zucker mit der Hand in die Kehrschaufel gefegt.«

Als Nelly und Romy in den Garten kamen, hörten sie die ständige Wiederholung des Satzes und begannen zu kichern.

»Klapperstorch«, wiederholten sie. »Wer glaubt denn heute noch an den Klapperstorch?«

»Der Satz ist schön«, antwortete Kitty, »und Klapperstörche gibt es doch.«

# 17  Schächler Jakob

Bevor John zum Birdland gefahren war, hatte er sich bei
Eva entschuldigt. Natürlich hatte sie die Entschuldigung
angenommen. Das änderte aber nichts an der Tatsache,
dass er als Person irgendwie entzaubert war; sie musste ihn
nicht mehr erhöhen. Er war jetzt Mann unter Männern –
zwar ausgesprochen gutaussehend – aber kein Traumprinz
mehr. Wobei Eva sich sogleich bei sich selber entschuldigte.
Ihr war kein anderer Begriff als Traumprinz eingefallen, sie
war sicher in vielen Dingen naiv, aber so naiv auch nicht
mehr, als dass sie glaubte, es gäbe irgendwo auf der Welt
einen Traumprinzen.

Sie hatte Nellys Portrait fertiggestellt und wollte am
nächsten Morgen Romy zeichnen. Nach dem gemeinsamen
Abendessen mit der Familie schlenderte sie zur Scheune,
um nach Jakob zu sehen. Er saß vor der Scheune auf einer
Bank und spielte ein paar Akkorde auf der Gitarre. Als er
sie sah, legte er die Gitarre behutsam zur Seite und lud sie
ein, neben ihm Platz zu nehmen.

»Ich muss mich bei dir entschuldigen«, sagte er.

»Nur zu«, antwortete Eva mit einem Lächeln. »Heute
bin ich geradezu gnädig und nehme jede Entschuldigung
an.«

»Ich habe zwar Weingläser dabei, der Wein steht aber bei mir zu Hause im Kühlschrank.«

Eva brach innerlich gerade zusammen. Wie schlecht war denn die Ausrede!

»Lass mich raten, du überlegst gerade, ob du mich zu dir nach Hause einlädst, weil es dort eh viel gemütlicher ist.«

Jakob schaute sie kopfschüttelnd an. »Mädel, red kein Schmarrn! Was kennst du denn für Mannsbilder?«

Eva wurde zum zweiten Mal an diesem Tag rot und flüsterte: »Entschuldigung. Liegt wohl daran, dass ich nicht oft in solch einer Situation bin.«

»In solch einer Situation …?« Jakob schaute sie fragend an.

Eva antwortete nicht. Warum verkacke ich immer alles, dachte sie. In Nettelbach wäre ihr das nie passiert, dort war ihr Verhalten lang eingeübt, mit Menschen, die sie anzusprechen wusste, in immer ähnlichen Situationen.

»Da hat die Tanja also noch eine Schwester bekommen; die Welt ist voller Wunder«, sagte Jakob in das peinliche Schweigen hinein.

»Wir haben den gleichen Vater.«

Eva zeigte keine Anstalten, das Thema noch vertiefen zu wollen. Zu ihrer Erleichterung hörte sie das Vibrieren ihres Handys.

»Hallo Ole«, rief sie voll Freude. Dann wurde sie ganz still. Sie fühlte sich fast überrumpelt von der Nachricht, die Ole ihr mitzuteilen hatte. Ole hielt seine Emotionen wie immer im Zaum. Während des Telefonats umrundete sie mehrfach den Innenhof. Jakob spielte auf seiner Gitarre und sang leise dazu; in Mundart. Er war ganz woanders, jedenfalls nicht bei ihr. Sie hätte jetzt so dringend jemanden an ihrer Seite gebraucht. Ole bemühte sich zwar, ihre Fragen zu beantworten, irgendwann sagte er aber, er müsse nun aufhören, es wäre doch alles gesagt, bla, bla, bla.

Langsam ging Eva zu Jakob zurück, setzte sich zu ihm auf die Bank und hörte zu.

*Und wann i des Liadl sing*
*Tragt's der Wind*
*Egal wo i a bin*
*Über die Berg und über Wasser*
*Bis zu dir hin*

Das Lied hatte viele Strophen und diesen kurzen Refrain. Es war aber nicht der Text, den sie an einigen Stellen gar nicht verstand, es war vielmehr die Aufrichtigkeit, die sie bei Jakob spürte, während er sang. Er wusste anscheinend, für wen er es sang, dieses Liadl. Und plötzlich schwappte eine Welle über sie, zog an ihr, drückte sie auf den Grund, ließ sie für ein paar Sekunden nach Luft schnappen und das ihr Leben allzu oft bestimmende Gefühl der Einsamkeit nahm in einer Form Besitz von ihr, dass es nicht mehr zu verdrängen war. Anfangs war ihr Weinen lautlos, doch es brauchte anscheinend ein Crescendo und die Stimme kam dazu. Erst als sie stumm auf dem Boden kauerte, spürte sie Jakobs Hände, die sie vorsichtig am Nacken streichelten und dann hochzogen. Er reichte ihr ein Taschentuch, dann ein zweites und ein drittes.

»Mein Samenspendervater ist gefunden.«

»Dein was?«

In ein paar Sätzen erzählte Eva ihre Geschichte. Jakob fragte nicht nach, er hörte nur zu.

»Das treibt dich also um. Auch so ein Wahnsinn, deine Geschichte!« Er schüttelte den Kopf. »Gibt es etwas Liebes, das ich für dich tun kann?«

»Ja, könntest du mein Fahrrad einladen und mich zum Hotel zurückbringen?«

»Wenn es nicht mehr ist …«, sagte er.

Mit einem Handgriff lud er ihr Fahrrad in seinen Transit und sie kletterte auf den Beifahrersitz. Eine bleierne Müdigkeit hatte sie überfallen. Wie anstrengend das Ausleben von Gefühlen sein konnte. Einfach nur die Augen schließen. Dann begann sie zu schnuppern. Eva bekam mit, dass Jakob sie aus den Augenwinkeln beobachtete. Dieser Geruch … mein Gott, den kannte sie doch! Sie schloss wieder ihre Augen und schnupperte weiter. Und dann wusste sie es. Es war schon etliche Jahre her, als Tim mit seinen Freunden den Schuppen vom Opa geentert hatte. Irgendwann hatte sie die Jungs überrascht, hatte von nichts eine Ahnung, stand im Schuppen eingehüllt in einem süßlichen Duft, konfrontiert mit dümmlich grinsenden Jungengesichtern.

»Du kiffst noch?«

»Möchtest du auch?«

»Äh, ich weiß nicht …«

»Kannst Bescheid sagen, wenn du es weißt.«

»Ich dachte, das machen nur Jugendliche.«

Jakob lachte.

»Ich fühl halt mein Alter noch nicht.«

»Wenn's danach ginge, wäre ich erst zwanzig.«

»Und, wie alt bist du wirklich?«

»Fünfundvierzig«.

Jakob trat auf die Bremse, Eva schoss mit dem Gurt nach vorne. Zum Glück war die Landstraße autofrei.

»Dann sind wir gleich alt«, meinte Jakob kopfschüttelnd und schaute sie ganz ernst an. »Ich hätt dich zehn Jahre jünger geschätzt.«

»Ich kenn diese Reaktionen, wenn ich mein Alter verrate. Ich bin eine 45-Jährige in einem Kinderkörper.«

»Letztlich schon besser als andersherum, oder?

Eva suchte noch nach einer besonders pfiffigen Antwort, als sie sah, dass sie bald ihr Hotel erreicht haben würden. Sie wollte jetzt bloß nicht allein sein. Das machte sie mutig.

»Jetzt könntest du noch etwas Liebes für mich tun.« Sie zeigte auf den Biergarten. »Schau, da sind noch Plätze frei, darf ich dich einladen?«

»Gern«, antwortete Jakob und lächelte stillvergnügt vor sich hin.

Die Kellnerin erinnerte sich an sie und zwinkerte ihr zu, als sie den Wein und die Antipasti servierte.

»Es tut gut, dass ich nicht alleine bin, vielleicht darf ich laut denken und wenn du magst, sagst du was dazu.«

»Ich höre dir gern zu, wenn du laut denkst.«

»Aber vorher noch etwas anderes: Von wem ist eigentlich das Lied, das du vorhin gesungen hast?«

»Von Hubert von Goisern. Hat es dir gefallen?«

»Ja, es hat mir gefallen. Aber berührt hat mich, dass du anscheinend genau wusstest, wem du dieses Lied singst.«

Eva war erschrocken, wie diese eine Aussage es schaffte, dass die Lockerheit Jakobs verschwand und sein Gesicht sich verschloss. Sie meinte sogar gehört zu haben, dass seine Zähne knirschten.

Als habe er sich besonnen, hob er sein Weinglas, zeigte sein unechtestes Lächeln und sagte: »Jetzt lass uns doch erst einmal anstoßen und ich bedank mich herzlich für deine Einladung. Und dann fang mal an mit deinem lauten Denken.«

Oh, dachte Eva, Jakob, ich habe verstanden, da habe ich wohl vermintes Gebiet betreten. Laut sagte sie: »Sorry, ich wollte dir nicht zu nahe treten.«

Sie aber mochte erzählen. Oles Mutter hatte dann doch den Namen des Vaters herausgerückt. Ole musste nicht lange recherchieren, um herauszufinden, dass Paul Ernsting mittlerweile auf Pellworm lebte. Sie erwähnte die privaten Probleme ihres Halbbruders und dass er deswegen kein Interesse hätte, zum jetzigen Zeitpunkt seinen Vater kennenzulernen.

»Aber du willst ihn kennenlernen?«, fragte Jakob erstaunt.

»Ja natürlich! Ginge dir das nicht genauso?«

»Weißt du, ich könnte den Gedanken nicht zur Seite schieben, dass er damals für 50 DM in einer Kammer seinen Samen gespendet hat und sicher keinen Gedanken daran verschwendet hat, was da vielleicht für ein wundervoller Mensch entstehen könnte.«

»Du bist gemein ...«

Jakob griff nach Evas Händen und zwang sie somit ihn anzuschauen.

»Wundervoller Mensch entstehen könnte ...«, wiederholte er.

»Meinst du mich?«, fragte Eva erstaunt. Sie fand es sehr angenehm, ihre Hände in seinen zu spüren. »Du kennst mich doch gar nicht.«

»Ich spüre das einfach.«

Jakob schaute sie weiterhin so liebevoll an, dass sie es kaum aushalten konnte. Ihre Hände befreiten sich aus seinen und sie bemühte sich, sachlich zu argumentieren.

»Und ich spüre, dass ich, um Ruhe in mein Leben zu bringen, meinen Samenspendervater wenigstens einmal sehen und vielleicht einmal sprechen möchte.«

»Wenn das so ist, wirst du also in den hohen Norden fahren?«

»Ja, die Frage ist nur, ob ich eine Mitfahrgelegenheit bis Hamburg nutze. Ich habe in Wacken Harry kennengelernt, der dort als Roadie gearbeitet hat, und der bringt morgen einen Kollegen, der sich dort oben das Fußgelenk gebrochen hat, nach Altötting. Mit dem könnte ich am Montag gen Norden starten.«

»Hört sich doch gut an …«

Eva nickte, obwohl sie gehofft hatte, dass Jakob sie vielleicht überreden würde, noch ein wenig länger zu bleiben.

»Ich muss mich ja erst morgen entscheiden …« Eva legte das Thema beiseite wie eine gelesene Zeitung, goss sich ein weiteres Glas Rotwein ein und prostete Jakob zu.

Der nippte nur an seinem Wein und lobte die Antipasti.

»Jetzt weißt du von mir schon ganz viel«, resümierte Eva.

»Was willst du von mir wissen?«

»Was dich so traurig macht.«

»Ein Verlust, Eva; ein ganz schlimmer Verlust, und eben, weil es mich so traurig macht, möchte ich nicht weiter darüber reden.«

Damit war Eva klar, dass sie nicht weiter nachbohren konnte, und sie brachte das Thema auf Jakobs Theaterarbeit, über die er bereitwillig und mit Freude erzählte. Sie erfuhr, dass er als Lehrer an einem Gymnasium arbeitete, alleine lebte und noch fünf Geschwister hatte. Bis Eva diese wenigen Dinge aus seinem Leben erfahren hatte, war die Flasche Rotwein von ihr geleert; bis auf das eine Glas von ihm. Sie fühlte sich ganz merkwürdig. Die Kellnerin bat abrechnen zu dürfen, da sie Feierabend machen wollte. Eva konnte ihre Zimmernummer nicht mehr nennen. Jakob kramte aus ihrer Handtasche den Zimmerschlüssel, Evas Kopf lag auf dem Tisch. Eva fühlte, wie Jakob sie stützte, sie die Treppe hinaufbegleitete und sie vor ihrem Zimmer an eine Kommode lehnte, um die Tür aufzuschließen. Eva ließ sich gleich auf das Bett fallen und sah, dass Jakob sich in einen Sessel setzte.

»Leg dich doch zu mir …«, nuschelte sie.

»Ach Eva …«, antwortete Jakob.

»Es raschelt noch nicht einmal die Gardine«, murmelte Eva.

# 18  Abschied

Eva kannte unterschiedliches Aufwachen. Einmal das natürliche, ohne Radiowecker, bei dem sie unter dem warmen Plumeau noch ein wenig ihren Gedanken nachgehen konnte. Das war für sie das angenehmste Aufwachen. Es war ihr so kostbar, weil so selten.

Dann das alltägliche Aufwachen, das normalerweise die Konfrontation mit den Tätigkeiten bedeutete, für die sie sich Tag für Tag aufs Neue motivieren musste. In dem Fall sprang sie meistens gleich aus dem Bett, damit sie gar nicht in negative Gedankenspiralen geriet.

Aber sie war noch nie angezogen auf dem Bett erwacht, mit so viel Scham und dem verzweifelten Nachdenken darüber, wofür sie sich schämen musste. Die Erinnerungen an den gestrigen Abend und die Nacht kamen nur bruchstückweise. Der Schächler Jakob würde doch selbstverständlich davon ausgehen, dass sie eine Schnapsdrossel wäre, oder wie nennt man das bei Weinmissbrauch? Hatte der sie nicht sogar ins Zimmer begleitet?

Seine Traurigkeit … war es das, was ihn so interessant machte? Seine Augen schauten traurig, selbst wenn er lächelte. Mit traurig sein kannte sie sich aus, und vielleicht war es dann auch egal, ob sein Äußeres sie eher irritierte.

Mit seinen breiten Schultern, seinen muskelösen Oberarmen und der Glatze wirkte er rau und ein bisschen Angst einflößend, gleichzeitig hatte sein Wesen aber so etwas Zartes. Plötzlich erinnerte sie sich an die Situation gestern, als sie weinen musste und er sie sanft hochgezogen hatte. Seine Hände auf ihrer Haut …

Sie seufzte und erhob sich aus ihrem Bett. Es wird Zeit, dass ich hier wegkomme; die bayrischen Kerle können mir echt gefährlich werden. Sie wird also mit Harry Kontakt aufnehmen und morgen früh mit ihm Richtung Norden fahren. Jetzt aber erst einmal unter die Dusche und frische Klamotten angezogen!

Als sie im Frühstücksraum saß, sah sie aus den Augenwinkeln, dass Laila aus dem Hotel huschte. Was machte die denn hier?

Doch Laila war vergessen, als sie mit ihrem Rad entlang der Salzach Richtung Einödhof fuhr, der Fahrtwind streichelte ihr Gesicht, sie fühlte sich eins mit der Natur, jung, unabhängig und so stark, dass sie meinte, ewig in die Pedale treten zu können.

»Das Sekundenglück«, rief sie laut, »das Sekundenglück hat mich geküsst!«

Nachdem sie Romy gezeichnet hatte und die drei Zeichnungen an der Hauswand lehnten, kam die Familie zusammen und beklatschten die Portraits. John nahm sie vor Rührung in den Arm und wischte sich ein Tränchen aus dem Auge.

Dann, als sie mit Tanja alleine war, berichtete sie, dass der gemeinsame Samenspendervater gefunden war. Tanja zuckte nur mit den Schultern.

»Eva, ich freu mich wirklich für dich und ich hoffe, dass

die Begegnung mit ihm keine Enttäuschung für dich sein wird. Ich bitte dich nur, ihm nichts von mir zu erzählen, weil er mich nicht interessiert und es für mich eine Horrorvorstellung wäre, wenn er mich auf einmal kennenlernen wollte. Ich habe die besten Eltern der Welt, verstehst du?«

Eva war über die Vehemenz, mit der Tanja ihre Worte herausbrachte, enttäuscht, denn es schmälerte ihre Freude, dass sie sich fast am Ziel wähnte. Wenn der Unbekannte einwilligen würde, bekäme sie bald eine Vorstellung davon, wem sie auch zu verdanken hatte, dass sie so ist, wie sie ist. Dennoch akzeptierte sie Tanjas Ablehnung und versprach, Paul Ernsting nichts von ihr zu erzählen.

Sie hatte mit Harry telefoniert und ihm zugesichert, am nächsten Morgen pünktlich um sechs Uhr am Bahnhof in Altötting zu stehen. Er freute sich, dass er bis Hamburg »Unterhaltung« haben würde, hatte er gesagt. Eva fragte sich, welche Art von Unterhaltung er sich wohl wünschen würde, denn seine Lieblingsthemen Autos und Heavy Metal konnte sie nicht bedienen.

Sie verbrachte den Nachmittag mit ihrer Halbschwester, und beide Frauen hatten den Wunsch, sich nicht mehr aus den Augen zu verlieren. Werner bot sich an, sie zum Hotel zurückzubringen und ihr Rad am nächsten Tag bei der Verleihstation abzugeben.

Sie erzählte Werner, dass der Schächler Jakob sie am gestrigen Abend nach Hause gefahren hatte.

»Ist ein guter Junge«, sagte Werner.

»Ich glaube, er hat einen großen Kummer«, erwiderte Eva.

»Den hat er. Seine Tochter ist vor zwei Jahren verstorben.«

»Ach, er hatte eine Tochter?«

»Er wusste viele Jahre nichts von ihr, bis sie mit achtzehn bei ihm auftauchte und behauptete, dass sie seine Tochter sei. Sie haben dann solch einen Test gemacht und es stimmte wahrhaftig. Sie war seine Tochter, und ich glaube, dieses Mädchen hatte seinem Leben einen Sinn gegeben. Er hat alles für sie getan und dann ist sie an Leukämie gestorben. Er ist fast dran zerbrochen, und wir sind froh, dass er in diesem Jahr die Theaterarbeit wieder aufgenommen hat. Unsere Drillinge machen begeistert bei ihm mit und ihm tut das, glaub ich, gut.«

»Das ist ja alles ganz furchtbar!« Mehr konnte Eva nicht sagen.

»Ja, das ist es wohl«, erwiderte Werner.

Werner hielt den Wagen auf dem Platz vor dem Hotel an, um Eva aussteigen zu lassen. Eine kurze Verabschiedung, ein Winken und Eva blieb allein zurück, etwas wehmütig, dass nun ein weiteres Kapitel ihrer Reise beendet war.

Sie schaute über den Platz und glaubte zuerst, ihre Augen spielten ihr einen Streich. Wie konnte das sein? Da schlenderte die Boxerin aus Nettelbach Arm in Arm mit Laila an den Geschäften vorbei. Während Eva sich gerade noch überlegte, ob es nicht etwas zu viel des Zufalls sei, dass sie die zweite Person aus ihrem Dorf traf, war sie von der Boxerin entdeckt worden. Sie hatte sich von Laila gelöst und lief auf Eva zu.

»Ja, Frau Sonnenschein, zu Ihnen wollt ich doch!«

»Hallo, sind Sie nicht die Boxerin aus Nettelbach?«

Laila lachte: »Boxerin, du bist Boxerin? Da muss ich mich ja vorsehen.«

»Papperlapapp«, reagierte Cora unwirsch. »Wer hat Ihnen denn erzählt, ich sei Boxerin?«

»Entschuldigung, wenn ich Ihnen zu nahe getreten bin. Meine Söhne haben von Ihnen immer als die Boxerin gesprochen. Ich kenne ehrlich gesagt gar nicht Ihren Namen. Aber jetzt wüsste ich gerne, was Sie von mir wollen.«

Cora gab Laila einen kurzen Wink, die trollte sich schmollend.

»Ich will gar nichts von Ihnen, liebe Frau Sonnenschein. Es wäre schön, wenn Sie mir ein kurzes Gespräch unter vier Augen gönnen würden. Ich heiße übrigens Cora Sturm.« Cora klimperte mit ihren Augen und machte eine Zuckerschnute. Wie ist die denn drauf, dachte Eva, aber gleichzeitig dämmerte ihr, dass es wohl die Boxerin gewesen war, die sie auf Facebook gesucht hatte, und dass sie vielleicht im Auftrag von Jens handelte.

»Ich habe jetzt auf vieles Lust, aber nicht auf ein Gespräch mit Ihnen«, antwortete Eva und wand sich ab, um in ihr Hotel zu gehen.

Cora Sturm ließ sich nicht so leicht abschütteln. Sie legte jetzt sogar einen Arm um Eva und begann wieder: »Aber Frau Sonnenschein …« Der Druck ihrer linken Hand auf Evas linkem Oberarm wurde intensiver. Eva wusste, wenn sie sich jetzt mit Gewalt befreien würde, gäbe es einiges an Aufsehen. Sie hatte in Burghausen ihren Ruf ja schon ramponiert. Sie drehte sich noch einmal verzweifelt vom Eingang weg und schaute auf den Platz. Der Schächler Jakob kam auf sie zu. Mit wenigen Schritten hatte er sie erreicht und zog sie aus Cora Sturms Zangengriff. »Ach hier find ich dich«, sagte er noch, dann beugte er sich zu ihr herunter und gab ihr einen Kuss auf den Mund. Eva hörte, wie er dann »schleicht euch«, sagte und wie Laila, die mittlerweile wieder bei Cora Sturm stand, antwortete: »Du auch mit deinem Flitscherl.«

»Mir zittern die Knie«, flüsterte Eva, nachdem sie von Jakob in den Hoteleingang reingezogen worden war.

»Von dem zarten Küsschen schon?«, fragte Jakob gespielt erstaunt.

»Von allem«, meinte Eva erschöpft. »Danke für die Rettung!«

»Ich weiß zwar nicht, in welcher Gefahr du geschwebt hast, aber die Hünin hatte dich voll im Griff. Eigentlich bin ich gekommen, um mich von dir zu verabschieden. Gestern Nacht ging das irgendwie nicht mehr.«

»Oh Gott Jakob, was musst du nur von mir denken! Ich entschuldige mich bei dir und frage dich ganz ehrlich, wie ich das wieder gutmachen kann?«

»Ich wollte gerade eine Pizza essen gehen, magst du mich begleiten? Diesmal lade ich dich ein.«

»Okay, ich bezahle eben meine Hotelkosten und bestelle mir für morgen früh halb sechs ein Taxi. Sag mir, wohin ich kommen soll.«

Dann saß sie bei ihm in der Pizzeria, aß einen Salat und trank ein Wasser. Diesmal war sie es, die nichts erzählen wollte, und Jakob kapierte es ziemlich schnell, dass jetzt nicht die Stunde des Weshalb, Wieso, Warum war. Alles hat seine Zeit, dachte Eva und nun war die Zeit, auf ihre Weise Abschied zu nehmen. Sich lange und intensiv anschauen, ihre Hände in seine Hände legen, seine Wärme spüren und den Impuls, seinen Körper ganz nah an ihrem zu wünschen, so als lägen sie in einem warmen Nest. Eva brauchte nur an diesen zarten Sekundenkuss von vorhin zu denken, um gleich zu bemerken, wie ihr Körper weich und nachgiebig wurde, und sie wusste, wenn er sie nur fragen würde …

Doch er fragte sie nicht, nicht nach ihrem Bettchen, noch nach ihrer Nummer oder nach sonst irgendetwas. Er brachte sie bis zum Hoteleingang, sagte ihr zum Abschied, dass er eine Verbindung zu ihr gespürt hätte und das würde ihn ziemlich verwirren und darüber werde er in den nächsten Tagen sicher viel nachdenken. Dann ein kurzes Adieu und er verschwand in der Dunkelheit. Sie war sich sicher, dass er ihr leises *dito* nicht mehr gehört hatte.

## 19 Ford Mustang

Eva bemerkte, dass sich bei ihr etwas verändert hatte. Vor wenigen Tagen noch fühlte sie sich ziemlich cool, als sie in den Ford Mustang gestiegen war. Nun sah sie an diesem frühen Montagmorgen Harrys Gefährt am Bahnhof in Altötting stehen, schwarz-gold und protzig. Wie konnte ich solch ein pornöses Auto toll finden, dachte sie irritiert. Kaum war sie aus der Taxe gestiegen, ging die Autotür auf und Harry winkte ihr freudestrahlend zu. Da freute sich wirklich jemand, sie wiederzusehen; das tat so gut, dass ihre peinlichen Gefühle gleich verschwanden.

»Was hast du denn mit deinem Kinn gemacht? Das ist ja ganz rot!«

»Schlimm ist das«, schimpfte Harry. »Die benutzen hier Stärke ohne Ende. Das Bettzeug ist so hart, dass nun die Haut an meinem Kinn abgeschubbert ist.«

»Entschuldige bitte, dass ich lachen muss. Aber es ist wirklich aberwitzig, dass einem so etwas im Jahr 2019 passiert. Vielleicht hat das was mit dem strengen Katholizismus in Altötting zu tun. Vielleicht tut man hier im Schlaf Buße?«

Beide lachten bei der Vorstellung und Eva bot Harry eine Heilsalbe an, die er dankbar annahm.

Dann startete er den Wagen und schaute auf das Navi.

»Wir haben 832 Kilometer vor der Brust, let's go!«

Zu Beginn ihrer Fahrt musste sich Harry auf das Navi konzentrieren, da es über verschiedene Landstraßen ging. Die beiden redeten nur das Notwendigste. Auf der A93, nach einer ersten Pinkelpause, wollte Eva sich mit 50 Euro an den Spritkosten beteiligen. Harry schüttelte den Kopf und erklärte, dass sein verunglückter Kumpel ihn schon bezahlt hätte. Dann druckste er herum:

»Wenn du dich unbedingt erkenntlich zeigen willst, äh, ich hab da nämlich so ein paar Fragen … Genau. Also, vielleicht weißt du, wer mir da weiterhelfen kann, du musst aber sofort sagen, wenn dir das zu viel ist und mich stoppen. Genau.«

»Harry, was ist los mit dir? So kenne ich dich gar nicht! Frag doch einfach!«

»Wie kennste mich denn?«

»Du kommandierst mich auch ganz gern mal rum.«

»Manchmal brauchen Frauen das.«

»Sagt wer?«

»Na Mike.«

»Etwa der Mike, der mich im Drogenrausch bis zur Bewusstlosigkeit gewürgt hat? Dem plapperst du solchen Blödsinn nach! Wie viel Beziehungen hast du eigentlich schon mit Frauen gehabt, dass du weißt, was wir Frauen brauchen?«

»Geht dich nichts an.«

»Stimmt. Aber bei Verallgemeinerungen gehe ich an die Decke.«

»Wenn du mir jetzt noch sagst, was das ist, dann lass ich das demnächst bei dir.«

Eva nahm einen tiefen Atemzug. Du hast noch viele Kilometer mit ihm, also bleib emphatisch, ermahnte sie sich selbst.

»Ich habe von Verallgemeinerungen gesprochen. Wenn du zum Beispiel von *den* Frauen, *den* Männern oder *den* Ausländern sprichst. Weißt du, ich kenne einige Männer und ich kann behaupten, dass der Spruch *kennst du einen, kennst du alle* Blödsinn ist. Ich wünsche mir, dass du einfach mal darüber nachdenkst.«

»Ich brauch keine Erziehung mehr; haben schon genug Leute probiert.«

»Aha …«

Harry guckte finster geradeaus und räusperte sich nach einer Weile.

»Kannst mich ruhig dran erinnern, wenn ich mal wieder was Blödes über Frauen sag. Der hat mir schon viel eingeredet, der Mike, aber nach der Sache mit dir will ich nichts mehr mit ihm zu tun haben.

Also ich bin 1981 in Wismar in der ehemaligen DDR geboren. Ich bin wohl gleich nach der Geburt zu meinen Adoptiveltern gekommen. Ich habe mich als Kind lange gewundert, warum ich so alte Eltern habe, weil man in der DDR jung die Kinder bekam. Als ich ungefähr 14 Jahre alt war, hat mir mein Vetter im Streit gesagt, dass ich ein Adoptivkind bin. Ich glaub, meine Eltern hätten mir das freiwillig nie erzählt. Meine Mutter hat mir nur einen Satz zur Erklärung gesagt: *Wat willste denn, deine leibliche Mutter hat dich im Gefängnis geboren, sollen wir uns* jetze *bei dir entschuldigen, dass wir dich da rausgeholt haben?* Dann hatte sie ein paar Sekunden geschwiegen und dann kamen ihre drei berühmten Worte: *Ende der Diskussion!* Jetzt gab es in letzter Zeit einige Fernsehsendungen über Zwangs-adoptionen in der DDR und ich frage mich, ob ich auch dazugehöre. Wer hilft mir da wohl weiter?«

Eva konnte nicht antworten. Was wollte diese Reise sie lehren? Bis vor kurzem hatte sie das Gefühl, dass sie in ihrem Umfeld die einzige Bedauernswerte war, die nicht ihre vollständigen Wurzeln kannte. Aber das war ja gar nicht der Fall!

»Hat es dir die Sprache verschlagen?«, kam von Harry.

»Ja, ich bin schon ein wenig sprachlos. Einmal über dein Schicksal, Harry, aber auch darüber, dass ich immer das Gefühl hatte, als habe es mich nun besonders schlimm er-wischt. Als wäre ich die Einzige auf der Welt, die Fragen zu ihren Wurzeln hat. Jetzt lerne ich, dass ich eine unter vielen bin. Ach, was red ich da: meinen Fall kann man überhaupt nicht mit deinem vergleichen. Wenn das wirklich mit der Zwangsadoption zutreffen sollte, sind deine Menschen-rechte mit Füßen getreten worden. Und was du von deiner Adoptivmutter erzählst, hört sich nicht gerade sehr liebe-voll an.« Eva schluchzte auf.

Dann wischte sie sich die Tränen mit ihrem Jackenärmel ab und schaute zu Harry. Ihm liefen ebenfalls Tränen übers Gesicht. Aber er blieb stumm. Ein paar hundert Meter wei-ter setzte er den Blinker und hielt auf einem Rastplatz an.

»Ich hab nur diese Mama, der Vater ist schon tot. Ich bin froh, dass ich meine Mama noch habe. Verstehst du? Trotz-dem sind da Fragen über Fragen in mir.«

»Harry, ich verspreche dir, dass ich dich unterstützen werde, irgendetwas herauszufinden. Und du hast vollkom-men recht, deine Adoptivmutter zu verteidigen. Ich kann mich bei meiner Mutter nicht mehr entschuldigen.«

Dann lagen sich Harry und Eva in den Armen und Evas Blick fiel auf Harrys Rucksack mit den Stofftieren. In Gedanken entschuldigte sie sich bei Harry, dass sie sich darüber lustig gemacht hatte.

Bevor sie weiterfuhren, verabredeten sie, dieses sehr emotionale Thema auf ihrer Fahrt gen Norden ruhen zu lassen.

Kurz vor Saalfeld stockte der Verkehr auf der Autobahn. Harry hatte kein Radio in seinem Auto. »Die labern mir zu viel«, meinte er. »Meine Musik kommt eh vom Handy.«

Eva versuchte im Internet herauszubekommen, warum es auf der Autobahn nicht mehr weiterging.

»Oh, schlechte Nachrichten«, rief sie, »Vollsperrung der Autobahn! Ein Wohnwagen ist umgekippt und mehrere Autos sind in die Unfallstelle gefahren. Wir werden jetzt von der Autobahn abgeleitet.«

Es ging quälend langsam vorwärts. Harry quengelte, weil er Hunger hatte, und Eva dachte, meine Güte, ich habe auch noch nicht gefrühstückt, hoffentlich gibt er bald mal Ruhe! Sie benötigten für die fünf Kilometer zur nächsten Raststätte 30 Minuten, und als Eva dort für beide ein amerikanisches Frühstück orderte, besserte sich Harrys Laune schlagartig. Mit Begeisterung futterte er alles auf, wollte sich anschließend unbedingt die Beine vertreten und verschwand nach draußen. Nach ein paar Minuten kam er grinsend wieder herein.

»Pass mal auf«, sagte er und Eva wunderte sich, warum er flüsterte. »Ich hab da mal was ausbaldowert.«

Eva hatte schon bezahlt und folgte Harry, neugierig auf das, was da kommen sollte. Der Mustang fuhr vom Raststätten-Parkplatz, allerdings nicht Richtung Autobahn, sondern seitlich an der Raststätte vorbei, dort, wo die Mülltonnen standen und die Mitarbeiter ihre Autos parkten.

»Wir fahren jetzt einen sogenannten Betriebsweg. Den gibt es an vielen Raststätten, so dass Mitarbeiter und Zulieferer aus der Umgebung nicht unbedingt die Autobahn benutzen müssen. Das ist verboten, was wir hier machen, aber das wird uns 'ne Menge Zeit sparen.«

»Na, wenn das so ist, bekommen wir sicher Bewährung«, sagte Eva mit einem Lächeln und dachte, wieder etwas gelernt.

Das Navi leitete sie dann über eine Landstraße, die auf eine Bundesstraße führte, doch sie hatten sich zu früh gefreut: von weitem sahen sie schon die endlos lange Autoschlange. Sie mussten sich einfädeln und erneut ging es nur im Schneckentempo weiter. In einer kleinen Ortschaft schrie Harry auf einmal: »Rechts, das Navi schickt mich nach rechts!« Er bog ab.

Eva hatte bei dieser Aktion kein gutes Gefühl, zumal ihnen kein weiteres Auto folgte. Sie äußerte ihre Bedenken, doch Harry wollte ihre Argumente nicht gelten lassen.

»Du wirst sehen, dass wir vor allen anderen auf der Autobahn landen werden«, meinte er siegesgewiss.

»Harry, du bist gerade an einem Sackgassen-Schild vorbeigefahren. Schau mal, hier rechts ist doch überall Baustelle.«

Auf der rechten Seite standen kleine Siedlungshäuser, vor deren Haustür die Straße tief aufgerissen war. Auf der anderen Straßenseite lagen Rohre gestapelt. Damit die Menschen überhaupt die Straße betreten konnten, hatte man von deren Haustür jeweils Stege über die ausgebaggerten Erdlöcher gelegt.

»Mein Navi sagt, dass es weitergeht«, sagte er trotzig, wobei er seine Geschwindigkeit schon stark gedrosselt hatte.

Warum ist denn hier bloß niemand auf der Straße, der ihn stoppen könnte, dachte Eva, und dann standen sie auch schon vor einer Barke, die ihnen unmissverständlich klarmachte, dass es hier nicht mehr weiterging.

Weil die Welt für solche und andere Situationen eine Sammlung von Sprüchen angelegt hatte, die man einfach mal so raushauen konnte, sagte Harry folgerichtig: »Ende im Gelände!«

Wie schon an der Straßeneinfahrt auf Schildern hingewiesen wurde, gab es keine Wendemöglichkeit. Harry war gezwungen, circa 200 Meter rückwärtszufahren. Eva schaute sich um. Der Mustang hatte ein schmales Rückfenster, so dass die Sicht nach hinten eingeschränkt war. Harry war lediglich auf seine Außenspiegel angewiesen.

»Ich steig aus und helfe dir«, sagte Eva und öffnete die Beifahrertür. »Oh mein Gott!«, schrie sie. Sie hätte gar nicht aussteigen können, sie schaute in den Abgrund. »Wieso bist du denn um Himmels willen so weit rechts gefahren?«

»Halt einfach mal die Klappe, ich mach das schon«, antwortete Harry betont ruhig und legte den Rückwärtsgang ein. Dann fuhr er langsam los. Er wusste was auf dem Spiel stand. Einmal falsch gelenkt und sein Auto saß in der Grube.

Eva konnte es kaum aushalten. Ihr Kopf lag auf den Knien und sie hielt sich überflüssigerweise die Ohren zu; so als wäre sie gezwungen, sich einen Horrorfilm mit furcht-erregender Filmmusik anzuschauen.

Harry fuhr langsam und konzentriert rückwärts. Er atmete nicht, er schnaufte.

Eva traute sich, wieder nach hinten zu schauen. Gott sei Dank, dachte sie, bald geschafft! Da ruckelte es auf einmal, gar nicht spektakulär, ein kleiner Ruckler eben und dann gab es ein unangenehmes Schrammen, als ob ein Nagel über Blech kratzt. Harry saß wie erstarrt und Eva traute sich nicht einen Pieps zu sagen, dann schlug der Ärmste mit seinem Kopf mehrmals auf das Lenkrad und rief *Nein, Nein, Nein.*

Sekunden später herrschte er sie an, dass sie sich nicht rühren sollte, und stieg aus. Eva wusste schon vorher, dass es jetzt sehr unerfreulich werden würde, und hoffte nur, dass Harry im ADAC war.

»Was für eine verdammte Scheiße!«, hörte sie ihn draußen rufen und dies gleich zigmal hintereinander. Das Geschrei ließ einen neugierigen Anwohner vor die Tür treten. Ein pickliger Jugendlicher, der ein Camouflage-Hoodie mit neongelbem Aufdruck ONE MAN SHOW trug, filmte den schreienden Harry und seinen Mustang, der mit dem rechten Hinterreifen über dem Abgrund hing. Dabei rief er immer *krass* und *Mutti komm mal!*. Harry hatte mittlerweile bemerkt, dass er und sein Mustang zum begehrten Filmobjekt geworden war, denn es waren noch zwei weitere Männer aus den Häusern getreten, die grinsend, aber wortlos filmten.

Eva entschied, ganz vorsichtig auf der Fahrerseite auszusteigen, als sie hörte, wie Harry die schaulustigen Anwohner anschrie und beschimpfte. Das darf jetzt um Gottes willen nicht eskalieren, dachte sie. Nun war sie froh, dass sie klein und dünn war. Vorsichtig schlängelte sie sich über die Mittelkonsole und kroch aus der Fahrertür. Sie hörte gerade noch, wie Harry rief, ob die Anwohner eigentlich nicht arbeiten müssten. Harry verstummte plötzlich, als er sie sah, und Eva begrüßte die Männer mit einem freundlichen »Guten Tag«. Dann fragte sie die beiden älteren: »Was würden Sie machen, wenn Ihnen so etwas passieren würde?«

Beide Männer lachten.

»Also Frollein, zuerst einmal würde uns so etwas nicht passieren«, sagte einer. Und der andere erklärte weiter: »Wir sind nämlich LKW-Fahrer.«

Dann sagte der eine: »Und zum anderen hat meine Frau schon die Polizei angerufen.« Und der andere fügte hinzu: »Is en schönet Auto. Wär schade drum.«

Eva freute sich, dass die Anwohner die Polizei verständigt hatten; jetzt würden die Freunde und Helfer kommen. Harry hatte dazu wohl eine andere Meinung, denn sie hörte ihn leise schimpfen: »So eine Scheiße, die Bullerei …!«

Ehe die beiden sich noch besprechen konnten, hielt ein Polizeiauto vor dem Baustellenbereich, eine Polizistin und ein Polizist stiegen aus und kamen die Straße hinuntergeschlendert.

»Oha«, sagte der Polizist, als er den verunfallten Mustang sah. Die Polizistin fragte, wer gefahren sei und ob sie sich verletzt hätten.

Harry gab an, dass er gefahren sei und sie beide in Ordnung seien, dann zückte er seine Papiere. Anschließend folgte die Belehrung. Harry wurde darauf aufmerksam gemacht, dass am Beginn der Straße ein Schild stand, dass auf eine Verengung der Straße hinwies, dass es ein Sackgassenschild gab mit dem zusätzlichen Hinweis, dass es keine Wendemöglichkeit gäbe. Wenn dann noch ein Unfall hinzukäme und dies wäre ja bei dem Mustang der Fall, hatte der Bußgeldkatalog hundert Euro und einen Punkt in Flensburg vorgesehen.

Jetzt sagte Harry »Oha« und wurde bleich.

»Ich zahle das«, Eva zückte ihre Brieftasche und fragte, ob sie mit Karte bezahlen könne. Das war möglich und die Polizisten baten sie, zu ihrem Dienstwagen zu kommen.

Harry lief hinter ihnen her und rief empört: »Ja wie, Strafe kassieren und wer hilft mir jetzt?«

Die Polizistin drehte sich um und zum ersten Mal hörte Eva, wie Harry mit Nachnamen hieß: »Herr Strate, das Bußgeld beinhaltet nicht die Bergung von verunfallten Fahrzeugen. Wir haben übrigens auch keinen Kran an unserer Dienststelle stehen.«

Eva gab Harry ein Zeichen, dass er beim Mustang bleiben sollte. Nachdem sie am Dienstwagen der Polizisten das Bußgeld bezahlt hatte, fragte sie, an wen sie sich wenden könnten. Die Polizistin antwortete kurz und knapp, dass es für solche Fragen die Automobilclubs gäbe, der Kollege bedeutete ihr, dass sie zum nächsten Einsatz müssten, und dann ließen sie Eva mit einem freundlichen Gruß ratlos zurück.

Am Mustang stand nicht nur Harry, sondern mittlerweile die halbe Nachbarschaft. Irgendjemand hatte Harry eine Flasche Mineralwasser gereicht und Eva bekam auch eine, die sie gierig halb leer trank. Harry war natürlich nicht in irgendeinem Automobil Club. Er sagte den Anwesenden, dass er nirgendwo Mitglied wäre, aus Prinzip nicht.

»Na, da hast du eine Menge Geld gespart, das kannst du jetzt für einen Kran einsetzen«, meinte ein Anwohner.

»Wer solch ein Auto fährt, braucht nicht zu sparen«, war der Kommentar eines anderen.

»Ihr Idioten, der Wagen ist noch nicht abbezahlt«, meldete sich Harry mit weinerlicher Stimme.

»Ihr seid doch alle Insider hier«, Eva bemühte sich, ihre Stimme nicht so piepsig klingen zu lassen. »Wen sollten wir denn wegen eines Krans anrufen?«

Die Nachbarn schauten sich kurz an und dann wurden auch schon einige Namen genannt. »Das wird ihm doch viel zu teuer«, gab eine Frau zu bedenken, die ein bisschen so aussah wie Pamela Anderson. »Ich ruf mal Jochen an, der hat einen kleinen Kran und das müsste doch reichen.« Dann zückte sie ihr Handy und sprach mit Jochen, dem Dachdecker aus dem Nachbarort. Die Männer schauten sich an und grinsten.

»Da wird Jochen wohl gleich angedackelt kommen«, sagte einer und Harry schaute ganz hoffnungsvoll.

Am Ende des Telefonats strahlte das Pamela-Anderson-Double: »Er kommt so gegen 17 Uhr vorbei, wenn er auf seiner Baustelle fertig sein wird.«

Harry schaute auf sein Handy. »Soll das ein Scherz sein? Das sind ja noch vier Stunden!«

»Typisch Wessi, das Zauberwort haben die nie gelernt«, sagte ein Anwohner kopfschüttelnd.

»Danke, danke, danke«, rief Eva schnell. »Mensch Leute, der Harry steht noch unter Schock und er ist doch auch ein Ossi!«

Eva hatte sich diesen Reisetag ein wenig anders vorgestellt. Ihren Zeitplan konnte sie vergessen, doch letztlich kam es auf einen Tag mehr oder weniger nicht an. Harry hatte noch Urlaub, also was sollte die ganze Aufregung? Sie müssten jetzt nur schauen, wo sie sich die nächsten vier Stunden aufhalten konnten.

»Habt ihr einen Tipp, wo wir warten können? Gibt es hier ein Café oder so etwas Ähnliches?«

»Ach, das ist zu Fuß alles zu weit«, sagte Pamela Anderson, die eigentlich Linda Krause hieß, »ihr könnt bei mir im Garten warten.«

Als Eva mit Harry über den Steg ging, um in Lindas Haus zu gelangen, hörten sie noch, wie der Jugendliche mit dem Camouflage-Hoodie den anderen erzählte, dass er das Filmchen auf allen Kanälen eingestellt hätte und dass er jetzt sehr gespannt auf die Click-Rate wäre. Eva machte sich darüber keine weiteren Gedanken.

Linda führte sie durch ihr Wohnzimmer auf die überdachte Terrasse. Sie schaute auf die Uhr und erklärte, dass ihre Tochter Lucy bald nach Hause käme und sie müsste eigentlich etwas zu essen machen, doch jetzt würde sie den Lieferdienst anrufen.

»Geht alles auf mich«, meldete sich Harry, der es sich in der Hollywoodschaukel bequem gemacht hatte. »Wegen deiner Gastfreundschaft und so.«

Linda bestellte dann Pizza für alle. Lucy aß in Windeseile eine Hälfte ihrer Pizza und verschwand dann zu einer Freundin.

Die anderen drei saßen gemütlich bei einer Tasse Kaffee zusammen. Linda hatte ihr Jäckchen ausgezogen und zeigte Harry stolz ihre Tattoos. Dann erzählte Harry über seine Zeit in Wismar. Anschließend wurde Eva gefragt, ob sie auch Erlebnisse aus den neuen Bundesländern beisteuern könne.

»Nach dem Abi bin ich mit einer Freundin nach Fischland-Darß gefahren. Wir besuchten eine Open-Air-Disco, die meisten Leute waren mindestens zehn Jahre älter als wir, es herrschte eine tolle Stimmung. Dann hörten wir die ersten Geigenklänge und jeder, aber wirklich jeder stürmte auf den Holzboden, der als Tanzfläche diente. Es war zum ersten Mal, dass ich diesen magischen Song gehört habe, es war …«

»Am Fenster«, ergänzte Linda lachend. Dann wurde sie wieder ernst.

»In dem Lied gibt es eine Textzeile, die habe ich immer auf mich bezogen: *Nicht die Stirne mehr am Fenster kühlen.* Meine Mutti war ja den ganzen Tag auf Arbeit. Wir haben damals in Erfurt gelebt und ich habe mich geweigert, nach der Schule in den Hort zu gehen. Wenn ich meine häuslichen Pflichten erledigt hatte, stand ich am Fenster. Meine Stirne lag am Fensterglas, um früh genug sehen zu können, wann Mutti um die Ecke bog. Deswegen hat dieser Song von City auch etwas Besonderes für mich.«

»Nicht die Stirne mehr am Fenster kühlen …«, wiederholte Eva gedankenverloren.

»Diese Zeile, mit deiner Geschichte zusammen … ich bekomme grad Gänsehaut.«

Eva wollte noch viel mehr von Linda erfahren, doch ihr Handy meldete sich. Das konnte ja nur Ole oder Tanja sein; das waren die Einzigen neben Harry, die ihre Nummer kannten.

Sie meldete sich mit einem freundlichen *Hallo* und erstarrte sogleich.

»Ja hallo, Frau Sonnenschein, hier ist Cora Sturm, Ich hoffe, es geht Ihnen gut.«

Die Stimme dieser Frau überschlug sich fast vor lauter Fröhlichkeit.

# 20 Cora Sturm gibt nicht auf

Obwohl die Nacht für Cora Sturm kurz gewesen war, stand sie schon um halb acht Uhr in Burghausen vor dem Hotel, von dem sie seit gestern wusste, dass dort ihre Zielperson eingecheckt hatte. Ihr Plan war es, dort zu frühstücken und Eva Sonnenschein im Frühstücksraum zu überraschen. Der riesige Platz war menschenleer. Nur nebenan, im Eingang einer Bank, schälte sich ein Obdachloser aus seinem Schlafsack. Er schüttelte seine Rastalocken und dehnte und streckte sich, sein zotteliger Hund tat es ihm gleich. Anders als sein Herrchen lief er ein paar Meter an den nächsten Baum und hob das Bein. Danach kuschelte er sich wieder an seinen Besitzer und ließ einen Seufzer los. Irgendwie ähneln die beiden sich, dachte Cora und dann fiel ihr ein Pfadfinderspruch ein: *jeden Tag eine gute Tat.* Sie lief ans Ende des Platzes und besorgte in einer Bäckerei einen Coffee to go sowie zwei belegte Semmeln. Der Mann strahlte sie an und Cora war sich sicher, dass sie nun mit ihrem edlen Karma auch bei Frau Sonnenschein gut ankommen würde. Vor anderen Gästen würde es die Frau des Konditors sicher nicht auf einen Eklat ankommen lassen und eine gewisse Gesprächsbereitschaft zeigen. Die zauberhafte Laila hatte ihr von dem Abend im Birdland erzählt. Demnach durfte sie Frau Sonnenschein auf keinen Fall unterschätzen. Aber dass sie sogar einen Lover hatte … wer hätte das gedacht!

»Sieh an, das Blümchen Rührmichnichtan«, mehr war Laila gestern dazu nicht eingefallen. Cora dachte daran, wie Jens Sonnenschein seine Frau beschrieben hatte. Da waren aber etliche Facetten dabei, die der Konditor anscheinend noch nicht kannte. Sie jedenfalls hatte keine Sekunde daran gedacht, mit Eva Sonnenscheins männlichem Beschützer in Konkurrenz zu treten; sie vertraute darauf, dass ihre Stunde schon kommen würde. Dann wird eben gefeiert, war gestern ihr erster Impuls gewesen, nachdem sie von der Frau, die sie erfolgreich aufgespürt hatte, eine Abfuhr bekam.

Laila kannte eine Menge Männer, die sie umschwirrten wie Motten das Licht. Ein Diskothekenbesitzer hatte sie eingeladen, weil er wusste, wo Laila war, kamen auch die männlichen Gäste. Sie stellte sich als witzige Begleiterin heraus, die mit allen Wassern gewaschen war. So jemanden im Hintergrund zu haben, war sicher nicht das Schlechteste.

An der Rezeption des Hotels fragte sie nun, ob Frau Sonnenschein schon gefrühstückt hätte. Man teilte ihr mit, dass der Gast abgereist sei.

Oh, schau an, dachte Cora, sie will mich tatsächlich herausfordern, und bestellte sich das üppigste Frühstück des Hauses. Während sie sich für die kommenden Aufgaben stärkte, arbeitete sie an ihrer To-do-Liste. Als Erstes müsste sie ihrem Auftraggeber schreiben, der gestern schon ungeduldig nachgefragt hatte. Sein gutes Recht! Da sie ihm zum jetzigen Zeitpunkt kein Ergebnis präsentieren konnte, bräuchte sie eine Hinhaltetaktik, die ein größtmögliches Maß an Optimismus beinhaltete.

*Hallo Herr Sonnenschein, ich habe Ihre Frau in Burghausen gesund und munter angetroffen. Sie war gerade im Begriff, mit einer Bekannten wegzufahren. Ich werde sie noch heute im Laufe des Tages treffen, dann erhalten Sie weitere Infos.*

Wegen kleinerer Notlügen kommt man nicht in die Hölle, beruhigte sich Cora Sturm selber, als sie die WhatsApp abschickte.

Weil der Frühstücksraum nur spärlich besetzt war, wählte sie ohne Scheu Lailas Nummer. »Hallo Liebelein«, hauchte sie, »wie war deine Nacht?«

»Kurz, i fahr schon die Leit umeinander. Steh augenblicklich mit meiner Taxe am Bahnhof.«

»Laila, du Süße, ich bräuchte unbedingt die Handynummer von der Sonnenschein.«

»Die hab i net.«

»Du hast sie doch letzte Tage zum Einödhof gefahren. Sie muss doch mit ihrem Handy bei euch in der Zentrale eine Fahrt bestellt haben.«

»Spinnst du! Schau Cora, du kennst das doch, Datenschutz und so. Da verlangst du zu viel von mir!«

»Oh, meine kleine Rebellin, auf einmal so angepasst. Hast du dich heute Morgen plötzlich entschieden, eine brave Bürgerin zu werden?«

Cora hörte erst einmal gar nichts, dann nur ein Kichern.

»Hab i dann was gut bei dir?«

»Immer, liebste Laila.«

»Okay, i versuchs. Das kann aber dauern, i muss den Moment abwarten, wo i allein in der Zentrale bin.«

Zufrieden beendete die Detektivin ihr Telefonat, bezahlte ihr Frühstück, stieg in ihr schwarzes Mazda MX 5 Cabrio und fuhr zu ihrer Unterkunft, um zu packen. Es war neun Uhr dreißig, sie war startklar, von Laila hatte sie noch nichts gehört. Bei Wartezeit funktioniert Plan B, wusste Cora und wollte einen Besuch im Rapunzel machen. Montag und Dienstag Ruhetag las sie. Zu dumm, darauf hätte sie selbst kommen können! Sie wählte die am Schaufenster angegebene Nummer und hoffte auf Rufumleitung.

»Grüß Gott, mein Name ist Sturm, ich bräuchte dringend am Mittwoch einen Termin bei Ihnen.«

»Das tut mir leid, am Mittwoch bin ich ausgebucht.«

»Oh nein! Ich reise am Donnerstag leider schon wieder ab. Wissen Sie, ich habe nämlich die Eva Sonnenschein vor ihrem Hotel getroffen, wir kommen aus dem gleichen Dorf und sie hat mir von Ihnen erzählt. Sie ist nicht zufällig bei Ihnen, sie wollte eventuell mit mir wieder zurückfahren.«

»Nein, sie ist schon Richtung Hamburg unterwegs.«

»Oh, hat sie sich jetzt doch einen Leihwagen genommen.«

»Nein, sie ist Beifahrerin, und entschuldigen Sie bitte, dies war auch die letzte Frage, die ich Ihnen beantwortet habe.«

Tanja Waginger hatte aufgelegt.

Uih, die hat Lunte gerochen, dachte Cora verdutzt.

Sie beschloss, nicht mehr auf den Anruf von Laila zu warten, sondern eine Autobahn Richtung Hamburg zu wählen. Sie wollte sich die Chance bewahren, dieses umtriebige und für sie auch rätselhafte Wesen namens Sonnenschein heute noch aufzuspüren.

Nachdem sie schon viele Kilometer auf ihrem Tacho hatte, waren ihre Zweifel immer größer geworden, ob sie gerade etwas Vernünftiges machen würde. Dann endlich kam gegen 14 Uhr der erlösende Anruf von Laila.

Sie zögerte nicht, mit Frau Sonnenschein sofort Kontakt aufzunehmen. Bewusst fröhlich und freundlich sollte die Kontaktaufnahme sein.

Am anderen Ende hörte sie nur ein Atmen.

»Frau Sonnenschein?«, fragte Cora vorsichtig.

»Woher haben Sie meine Nummer?«

»Ich wollte Sie fragen, ob ich Sie ein Stück mitnehmen kann?«

»Mitnehmen, wohin wollen Sie mich mitnehmen?«

»Da bin ich ziemlich flexibel. Ich habe heute in der Nähe von Saalfeld zu tun. Ich denke, Sie sind noch in Burghausen, wollen aber wohl demnächst abreisen.«

»Sie sind heute wo?«

»In der Nähe von Saalfeld.«

Cora Sturm hörte ein Glucksen, ein unterdrücktes Lachen.

»Ob das alles mit rechten Dingen bei Ihnen zugeht, weiß ich zwar nicht, auf alle Fälle kommen Sie heute wie gerufen. Vielleicht hat Fatima mir Sie geschickt.«

»Wer soll mich bitte geschickt haben?«

»Erklär ich Ihnen später. Ich hänge hier in einem kleinen Ort namens Saalkirch fest, wir hatten einen Unfall und ich muss nach Saalfeld gefahren werden, wo ich hoffentlich einen Zug nach Hamburg erwische.«

Cora hatte auf einem Rastplatz angehalten und gab Sonnenscheins momentane Adresse in ihr Navi ein.

»Ich bin kurz vor 15 Uhr bei Ihnen.«

Cora schrieb Laila nun über den Facebook-Messenger eine kurze Nachricht und bedankte sich für deren Unterstützung. Danach schaute sie auf die neuesten Videos, die aufploppten. Eines interessierte sie besonders. Ein schwarz goldener Mustang hing mit einem Reifen über dem Abgrund. Sie öffnete das Filmchen. Ein Mann schaute auf den Mustang und jammerte, dann wurde er wütend und schwang die Fäuste. Im Hintergrund krabbelte ein Mädchen aus dem Mustang. Mensch, das war doch die Sonnenschein! Aber der Mann war nicht der Typ von gestern, der sie vor dem Hotel geküsst hatte. Das war jemand anderes! Gestern dieser Holzfällertyp und heute dieses kleine Manderl mit dem spärlichen Dutt auf dem Kopf. Wenn der sein Haar offen tragen würde, ging der glatt als Catweazle in jung durch, dachte Cora Sturm amüsiert. Während sie auf die Autobahn fuhr, hielt sie eine stumme Rede an Jens Sonnenschein: Ihre Frau, die ich hier kennengelernt habe, beherrscht Kampfsport, ist selbstbewusst, liebt das Leben und hat so etwas von Schlag bei den Kerlen, ist das jetzt 'ne Zwillingsschwester oder wie?

Sie parkte in Saalkirch vor der Baustelle und sie war nicht die Einzige, die dort parkte. Der Mustang, der in Schieflage über dem Abgrund hing, hatte sich wohl als Ausflugsort herumgesprochen. Vor allem junge Männer standen an der Unfallstelle und debattierten über Rettungsmöglichkeiten.

Sie klingelte bei Linda Krause. Eva Sonnenschein öffnete ihr. »Hallo«, sagte sie, und als Nächstes: »Der Zug fährt um 17 Uhr ab Saalfeld.« Sie trug ihren Rucksack auf dem Rücken, der perfekt zu ihrem roten Mäntelchen mit den orangenen Punkten passte. Mannomann, die Frau zog sich an wie ein Kind!

Cora Sturm hatte allerdings keine Lust mehr auf klein, klein. Sie benötigte einen Arbeitsfortschritt.

»Ich könnte Sie auch gleich nach Hamburg fahren …«

Eva Sonnenschein schaute sie erstaunt an, erwiderte aber

nichts. Stattdessen griff sie nach ihrem Trolley und sagte: »Lassen Sie uns erst einmal von hier wegkommen.«

Als sie Coras Auto sah, nickte sie anerkennend, verstaute ihr Gepäck und erst als sie auf dem Beifahrersitz saß, seufzte sie: »So, jetzt können wir reden.«

»Am liebsten erst einmal über unser Reiseziel. Was halten Sie denn von meinem Vorschlag?«

»Ich möchte, bevor ich mit Ihnen nach Hamburg fahre, wissen, was Ihr Motiv ist. Ich gehe davon aus, dass mein Mann Sie schickt und Sie gar nichts in Hamburg zu tun haben. Wie sieht denn eigentlich Ihr Auftrag aus? Sollen Sie mich entführen? Lohnt sich eigentlich nicht, denn ich habe eh vor, in den nächsten Tagen nach Nettelbach zurückzukehren. Mein nächstes und letztes Ziel wird die Insel Pellworm sein.«

»Frau Sonnenschein, Sie haben einen offensichtlichen Hang zu Orten, die niemand kennt. Erst Burghausen und dann … wo um Himmels willen liegt denn dieses Eiland?«

»Erst beantworten Sie meine Fragen!«

Mittlerweile war es recht warm in dem Cabrio geworden. Cora drückte auf einen Knopf und das Autodach öffnete sich über ihren Köpfen und verschwand in sauber gelegten Falten im hinteren Teil des Sportwagens.

Dann lächelte sie Eva Sonnenschein an und sagte: »Ich arbeite als Detektivin. Ihr Mann hat mir den Auftrag gegeben, Sie ausfindig zu machen und Ihnen seinen Wunsch mitzuteilen, mit ihm ein Gespräch zu führen. Er weiß schon Bescheid, dass ich Sie in Burghausen gefunden habe. Ich habe ihm versprochen, mich heute noch zu melden, um ihm Näheres mitzuteilen. Es hat keinen Auftrag gegeben, Sie zu entführen.«

Frau Sonnenschein blieb merkwürdig kühl.

»Und jetzt?«, fragte sie, legte ihren Kopf in den Nacken und schaute in den Himmel, an dem kein Wölkchen zu sehen war.

»Und jetzt entscheiden Sie darüber, ob mein Auftrag hier endet und ich Sie als Privatperson bis zu Ihrem Eiland begleite, oder ob ich Sie nach Saalfeld bringe und Sie dann Ihrem Schicksal überlasse.«

»Wissen Sie, die Entscheidung würde mir wesentlich leichter fallen, wenn ich Sie kennen würde. Für meine Söhne waren Sie immer die Boxerin, aber selbst das haben Sie gestern abgestritten.«

Hatte ich mir in solchen Situationen nicht vorgenommen, einfach nur bis acht zu zählen und durchzuatmen?, fragte sich Cora genervt. Mann, ist die Frau anstrengend!

»Also, ich bin 39 Jahre alt, lesbisch, zurzeit ledig, ehemalige Soldatin, Besitzerin einer Boxschule, Privatdetektivin und Opernliebhaberin.«

Eva Sonnenschein schüttelte den Kopf.

»Sie haben ja recht, Sie haben mir jetzt nur Daten über sich genannt, deswegen kenne ich Sie ja nicht besser.«

Ich bin ganz ruhig … Ohm, dachte Cora und fragte: »Wie lautet deswegen Ihre Schlussfolgerung?«

Frau Sonnenschein kramte ihr Handy aus dem Rucksack und begann eine Recherche.

»Tja, den ICE um 17 Uhr schaffen wir wohl nicht mehr, dann schauen wir mal, wie weit wir heute kommen.«

Sie kamen bis Soltau. Dort übernachteten sie in einer Pension; es gab nur ein freies Doppelzimmer. Nach einigem Widerstreben willigte Eva ein.

Vorher hatten sie beim dortigen Jugoslawen, der eigentlich ein Kroate war, zu Abend gegessen und die Regeln für die weitere Reise festgelegt.

»Wenn wir nun gemeinsam reisen und uns sogar ein Zimmer teilen, möchte ich Ihnen als Ältere das Du anbieten, ich heiße Eva.«

»Prima, ich bin Cora.« Sie hoben ihr Biergläser und stießen miteinander an.

»Eben, als du dich frisch gemacht hast, habe ich mit deinem Mann telefoniert. Ich habe ihm erklärt, dass du in wenigen Tagen nach Nettelbach zurückkehrst. Du hast noch etwas auf der Insel Pellworm zu erledigen – ich wüsste selber nicht was – und ich darf dich als Privatperson begleiten. Ab heute Abend bezahle ich sämtliche Kosten natürlich selbst.«

»Und wie hat Jens reagiert?«

»Zuerst einmal war er froh, dass es dir gut geht, aber er fragt sich auch, mit welcher Frau er die ganzen Jahre zusammengelebt hat. Er glaubt, dich nicht mehr zu kennen. Er konnte mit Pellworm genauso wenig anfangen wie mit Burghausen.«

»Er wird den Grund meiner Reise erfahren, wenn ich zu Hause bin, jetzt hoffe ich, dass wir so kurzfristig eine Übernachtungsmöglichkeit auf der Insel finden.«

Cora hatte schon ihr Smartphone in der Hand, um zu recherchieren. Nach kurzer Zeit stieß sie einen Schrei aus, die Gäste im Lokal drehten erstaunt den Kopf nach ihr.

»Liebesallee«, rief sie. »Oh, ist das schön! Ab morgen ist was frei in der Liebesallee, aber wir müssten für drei Nächte buchen.«

»Du bist ja eine Romantikerin«, sagte Eva erstaunt. »Na, dann buch das mal!«

# 21 Pellworm

Die graue Stadt am Meer, wie Husum auch genannt wird, war gar nicht grau. Schnell vorbeiziehende Wolken ließen immer wieder Sonnenstrahlen durch und verschafften so den Bäumen im Schlosspark die Möglichkeit, Schattenbilder auf den Rasen zu werfen. Und wenn man eine gute Vorstellungsgabe hatte, schimmerte selbst das Wasser im Hafen türkis-blau. Passend dazu zog die Stadt anscheinend Menschen an, die sich vorzugsweise maritim kleideten, so dass Eva mit ihren Pünktchen und Blümchen sowie Cora in ihrem Walle-Walle-Look wieder gegen den Strom schwammen. Das wollten sie mit ihrem Besuch im größten Kaufhaus der Stadt ändern. Sie waren sich einig, zumindest ein Teil zu erstehen, das blau oder türkis war und entweder mit Ankern oder einem Leuchtturm versehen. Dann kauften sie noch all die Kleinigkeiten, von denen sie glaubten, dass es die auf der Insel nicht geben würde, wie Unterwäsche, Kosmetika und Flip-Flops. Eva erstand einen Sportbadeanzug, weil sie vorhatte, sich in die Nordseefluten zu stürzen. Allein nur die Vorstellung ließ Cora erschaudern; sie versprach, Eva das Badehandtuch reichen zu wollen, das noch gekauft werden musste. Zum Schluss blieb ihnen Zeit für ein Backfischbrötchen, dann ging es weiter zur Fähre nach

Strucklahnungshörn. Auf den wenigen Kilometern dorthin verdunkelte sich der Himmel und öffnete seine Schleusen. Es regnete so stark, dass der Scheibenwischer im schnellsten Gang die Wassermassen kaum schaffte. Beiden Frauen wurde klar, dass sie nicht daran gedacht hatten, dass sich das schöne Wetter so schlagartig ändern könnte; Schirm oder auch Regenkleidung gehörte nicht zu ihrem Reisegepäck. Der rasche Wetterwechsel hatte ihnen die Entscheidung abgenommen, ob sie Coras Cabrio mit auf die Insel nehmen oder auf Nordstrand parken sollten. Der Wagen kam als letztes Auto mit auf die Fähre. Die Auffahrrampe wurde hochgezogen und das Schiffshorn gab das Zeichen zur Abfahrt. Den beiden Landratten wurde ganz anders, als sie nach dem Ablegen sahen, wie die Gischt in hohem Bogen an die Autos spritzte, doch trösteten sie sich damit, dass der Kapitän wohl diese Wetterverhältnisse kannte, und sie bemerkten auch, dass die anderen Reisenden ganz entspannt blieben. Nachdem Cora sich in der Schiffskantine einen Kaffee besorgt hatte, blieben sie im Auto sitzen. Cora trank das heiße Gebräu in kleinen Schlucken und starrte vor sich hin. Plötzlich begann sie zu prusten. Heiße Kaffeespritzer verteilten sich auf ihren Oberschenkeln. Sie hielt sich eine Hand unter ihren Mund, konnte aber nicht aufhören zu lachen. Es war so ansteckend, dass Eva ebenfalls zu lachen begann. Dann bettelte sie darum, den Grund zu erfahren.

»Ich habe mir gerade vorgestellt, dass wir bei Grit Paulsen, unserer Vermieterin auf Pellworm, klatschnass ankommen. Eine Riesin und ein Zwerg. Sie fragt nach unseren Namen und wir antworten *Sturm und Sonnenschein*. Die glaubt doch, wir veräppeln sie.«

Eva meinte lachend, dass sie mit so vielen anderen Dingen beschäftigt gewesen war, dass sie nie über diese lustige Kombi der Namen nachgedacht hat.

»Du müsstest eigentlich in meine Detektei einsteigen, wenn das hier alles vorbei ist. Detektei Sturm & Sonnenschein, das ist doch der Hammer!«

Mittlerweile hatte sich auch Harry gemeldet. Er war immer noch bei Linda. Schuld daran war ein Deal, den er mit dem Mann, der seinen Mustang unter Beteiligung vieler Schaulustiger aus der Grube gehievt hatte, eingegangen war. Der sollte nämlich am Mittwoch als Trauzeuge seinen besten Freund und dessen Verlobte zum Standesamt fahren. Er hatte Harry vorgeschlagen, wenn er statt seines ollen BMWs den Mustang nehmen dürfte, wäre seine Rettungsaktion für Harrys Auto damit bezahlt. Leicht verlegen erzählte Harry dann, dass Linda auch irgendwie einen Narren an ihm gefressen habe; er habe auch schon kleinere Reparaturarbeiten am Haus gemacht.

»Und wenn sie nicht gestorben sind …«, sagte Eva, und Cora setzte fort: »… leben sie heute noch glücklich und zufrieden in ihrem kleinen Haus.«

Beide Frauen lachten und Cora fügte hinzu, dass ihr Erscheinen ja wohl doch einen guten Zweck erfüllt hatte. Dann wurde sie nachdenklich.

»Ich würde mich sehr freuen, wenn ich das demnächst auch von dem Ehepaar Sonnenschein sagen könnte.«

Da muss ich jetzt durch, dachte Eva und lächelte brav. Dann fiel ihr doch etwas ein.

»Und ich würde mich sehr freuen, wenn ich endlich erfahren würde, aus welchen Gründen du mich begleitest.«

»Neugier«, sagte Cora, »schlichtweg Neugier, was dahintersteckt, wenn eine brave Ehefrau plötzlich das Weite sucht und eine Reise durch die Republik macht.«

»Das Weite suchen … schöner Begriff. Hat etwas Metaphorisches. Hast du eigentlich Schweigepflicht?«

»Selbstverständlich! Auch wenn du nicht meine Auftraggeberin bist, brauchst du nicht zu befürchten, dass ich in Nettelbach alles breittrete.«

Eva dachte kurz an die Bürgermeisterin, doch sie widerstand der plötzlich aufkommenden Lust, ein bisschen Klatsch zu verbreiten.

»Du wirst es bald sowieso erfahren und ich gehe davon aus, dass du enttäuscht sein wirst, weil du dir irgendetwas Spektakuläres vorstellst.«

»Werden wir sehen«, sagte Cora und zeigte erfreut auf die hohen, pylonartigen, gelben Teile des Fähranlegers. Das Anlegen klappte reibungslos und nachdem die Fußgänger und Fahrradfahrer die Fähre verlassen hatten, wurde ein Auto nach dem anderen von der Fähre gewunken. Der Regen hatte aufgehört. Die Wolken hingen tief, milchichgrau die Farbe, wie die stürmische Nordsee. Lediglich der grüne Deich gab an diesem Tag der Insel ein wenig Farbe. Es war ein kurzer Weg zur Liebesallee.

Grit Paulsen machte irgendetwas mit Klangschalen und Hypnose; stand jedenfalls auf einem Schild an ihrem reetgedeckten Haus. Neben dem Haupthaus gab es einen kleineren Zwillingsbau, ebenfalls mit Reet gedeckt. An der Haustür suchten sie vergeblich nach der Klingel. Cora läutete stattdessen mit Kraft und Freude an einer Schiffsglocke.

»Ihr könnt ja Tote aufwecken«, sagte Grit Paulsen lachend, als sie an die Klöntür geeilt kam. Vor ihnen stand eine hochgewachsene Blondine in Jeans und Ringelshirt mit blitzeweißen Zähnen und strahlte sie an. »Ich bin Grit, hier auf der Insel duzen wir uns, ist das für euch okay?«

Die beiden Frauen nickten zustimmend, nannten ihre Vornamen und waren fast ein wenig enttäuscht, dass Grit nicht ihre Nachnamen hören wollte. Grit führte sie in das Gästehaus. Im unteren Bereich befand sich eine Wohnküche, eine kleine Schlafkammer mit einem 1,40 m Bett und ein winziges Bad. Eine Wendeltreppe führte auf die Galerie. Dort stand eine gemütliche Schlafcouch, ein Computertisch und die Ablage an den Schrägen bestand aus einem Brett auf Ziegelsteinen.

Schnell einigten sich die beiden Frauen, dass Cora in der Kammer schlafen würde und Eva auf der Galerie. Auf dem Tisch lag das Veranstaltungsheft Pellworm heute. Sämtliche Geschäfte und Gaststätten mit deren Öffnungszeiten waren unter anderem darin aufgeführt. Mit spöttischem Lächeln fügte Grit an, dass die unterschiedlichen Öffnungszeiten fast ein Alleinstellungsmerkmal der Insel seien. Sie wollte sich schon verabschieden, da fiel ihr noch etwas ein: »Ist eine von euch zufällig eine gute Schwimmerin, die sich traut im alten Hafenbecken 500 Meter weit zu schwimmen?«

»Wäre ich vielleicht«, sagte Eva, »aber nicht zufällig. Hast du 'ne Wette laufen?«

Grit lachte.

»Nein, am Samstag findet hier ein Triathlon statt. Wir nennen es Trifun. Es ist ein Jedermann-Triathlon: Du schwimmst 500 Meter, als Nächstes fährst du 20 Kilometer mit dem Rad und dann läufst du noch schlappe fünf Kilometer. Für alle, die nur in einer Disziplin mitmachen möchten, gibt es die Staffeln. Uns ist leider die Schwimmerin ausgefallen. Könntest du uns tatsächlich aushelfen?«

»Die Challenge nehme ich an«, sagte Eva und strahlte voller Vorfreude.

»Wirklich?«

»Klar, bis zu meinem achtzehntem Lebensjahr war ich Leistungsschwimmerin und bis Samstag kann ich ja noch etwas im Meerwasser trainieren.«

»Moment«, meldete sich Cora, »wir müssen dieses schöne Quartier am Samstag verlassen.«

»Kein Problem, der neue Gast reist erst am Montag an«, beruhigte Grit sie.

»Mein Gott, ich bin ganz aufgeregt«, rief Eva aus, dann wurde sie still und schaute Cora an. »Bleiben wir gemeinsam bis Sonntag?«

»Klar, das lass ich mir doch nicht entgehen!«

Grit wollte den Lauf übernehmen und ihre Freundin Kirsten das Fahrradfahren.

Sie war schon halb aus der Türe getreten, als Eva fragte, ob sie einen Paul Ernsting kennen würde.

»Was willst du denn von dem?«

»Ich soll ihm Grüße ausrichten«, antwortete Eva schlagfertig.

»Da wirst du wohl bis Freitag warten müssen. Der ist genauso wie mein Vater im Shantychor und die sind heute los zu Auftritten auf dem Festland.«

Eva verzog keine Miene. »Kein Problem, dann richte ich die Grüße halt am Freitag aus.«

Kaum hatte Grit die Tür hinter sich zugemacht, flippte Cora aus. Als ob sie eine Feder sei, flog sie mit nackten Füßen durch den Raum, drehte Pirouetten und rief: »Ist das schön, oder ist das schön?« Umarmte zwischendrin Eva, schwärmte dann von Grit, sie wäre eine Zuckerschnecke, riss den Kühlschrank auf, freute sich, dass für das Frühstück am nächsten Morgen vorgesorgt war, fragte sich, wie weit es wohl zum Bäcker wäre, und überhaupt, das Schild »Liebesallee« müsse sie noch fotografieren und was für eine krasse Person Eva wäre, einfach mal 500 Meter im Meer schwimmen und sie bräuchte jetzt Oper, nur Opernmusik könnte sie jetzt wieder runterbringen.

Dann lag sie wie ein Schneeengel auf dem Holzboden und fragte: »Wer ist denn Paul Ernsting?«

»Sehr wahrscheinlich mein Samenspendervater.«

Eva hatte schon befürchtet, dass Cora wiederum ein manisches Tänzchen aufführen würde, doch nichts dergleichen geschah. Sie lag erst einmal wie festgetackert auf dem Boden. Eva bemerkte aber, wie es in ihr arbeitete. Ganz langsam richtete sie sich auf, klopfte sich imaginären Staub von ihrer Kleidung, setzte sich auf einen Stuhl, schaltete ihre Mimik auf Drama-Modus und sagte voller Ehrfurcht: »Das ist jetzt echt mal was Existenzielles!«

Eva atmete tief durch. »Glaub mir, du bist die Erste, die das so sieht. Lass uns am Hafen essen gehen, dann erzähl ich dir alles.«

## 22  Kölner Schamanen

An der Tür des Gästehäuschens hing am nächsten Morgen ein Stoffbeutel mit vier noch warmen Brötchen. Cora fand den Preis für eine Übernachtung dann doch nicht mehr so hoch, denn nicht nur das Frühstück war inkludiert, sondern ebenso die Fahrräder und die Sauna, die sich im großen, heckengeschützten Garten befand.

Eva hatte gestern Abend Cora erlaubt, Jens über alles zu informieren; auch dass sie am Sonntag gemeinsam nach Nettelbach zurückkehren würden. Cora war verwundert, dass Eva nicht wenigstens ein paar Worte mit Jens sprechen wollte. Eva jedoch wehrte sich vehement gegen eine Aussprache am Telefon. Sie bräuchte zwischendurch mal einen Genießertag, bevor es emotional wieder schwierig würde. Als Cora mit Jens telefonierte, hatte sie sich in den Garten abgesetzt und fragte auch nicht einmal nach, wie Jens' Reaktion war.

Sie wollte auch nicht daran denken, dass der Anruf bei Paul Ernsting nur um zwei Tage aufgeschoben war. Deswegen hatte sie vor, die nächsten zwei Tage viel zu unternehmen, um wenig nachdenken zu müssen. Aber eines, das musste sie noch tun, sich bei Cora bedanken.

»Liebe Cora, ich wollte mich ganz herzlich bei dir bedanken, dass du jetzt an meiner Seite bist, ich bedanke mich dafür, dass du anerkennst, in welcher Not ich mich seit einem Jahr befunden habe. Ich bin so froh, dass dir die Unterschiedlichkeit von uns beiden anscheinend auch so wenig Angst bereitet wie mir, und ich wünsche dir von Herzen, dass du bald deine Zuckerschnecke finden wirst.«

Coras Augen füllten sich mit Tränen. Sie riss die Augen weit auf, um zu verhindern, dass die Tränen kullerten, es war zwecklos.

»Manno«, sagte sie und zog die Nase hoch, »kannst du toll reden! Mach mal einen Witz, damit meine Rührseligkeit aufhört. Ich denke, wir wollen heute einige Kilometer mit dem Rad unterwegs sein, Tränen machen bei mir, dass ich spätestens nach fünf Kilometern schlappmache.«

»Durchschaut«, entgegnete Eva lachend. »Du sorgst nur vor, dass du Gründe hast, um nachher lieber beim nächsten Café anzuhalten.«

Sie begann ihren Rucksack zu packen und schaute dabei neugierig aus dem Fenster.

Ihre Vermieterin stand draußen am Gartentor und unterhielt sich angeregt mit einem Paar. Zuallererst fiel Eva der merkwürdige Kleidungsstil des Paares auf.

Die Frau trug einen langen schwarzen Rock und schwarze Stiefeletten, dazu einen gehäkelten grauen Poncho. Ihre langen dünnen Zöpfe reichten bis zur Taille. Der Mann war mit einer schwarzen Yogahose und einem grauen T-Shirt bekleidet, auf dem eine gehörnte Gottheit zu sehen war. In seinen langen, mit Henna gefärbten Haaren befanden sich am Ende kleine Federn.

»Sekte«, sagte Cora, »ganz klar Sekte.«

Eva schüttelte den Kopf. »Die Astrologin, die mich mal

beraten hat, sah so ähnlich aus. Ich glaube, das sind Schamanen.«

»Komm, wir fragen sie einfach mal!« Cora hatte schon den Türgriff in der Hand und Eva folgte ihr mit einem Achselzucken und murmelte: »Du machst ja eh, was du willst …«

Draußen begrüßte Cora die Gruppe mit einem strahlendem *Moin* und sagte zu der Frau mit den Zöpfen: »Schöner Poncho.«

Die Frau bedankte sich und erklärte, dass der Poncho aus Brennnesseln gefertigt wurde.

Cora sah man kurz sprachlos, ergriff dann aber die Gelegenheit zur ultimativen Klärung. »Dann seid ihr sicher Schamanen.«

»Das sind wir. Wir gehören zu den Kölner Schamanen, die auf Pellworm einmal im Jahr ihre Kraftfelder aufladen.«

»Also wenn Rheinländer zusammenkommen, gehen die – Wortspiel – mitten rein ins Gespräch«, mischte sich Grit kopfschüttelnd ein. »Darf ich euch wenigstens mal vorstellen?«

Das tat sie dann auch und so erfuhren Eva und Cora, dass Hannah und Gregor sich bei Grit in der Arbeit mit Klangschalen fortgebildet haben und sie nun für das abendliche Abschiedsfest einladen wollten.

»Fest hört sich gut an …« Cora strahlte Hannah und Gregor an.

Eva sah das verlegene Zögern der beiden und gab Cora einen Stups.

»Los Cora, haben wir uns nicht auch vorgenommen, unsere Kraftfelder aufzuladen? Vor dem Feiern kommt das Strampeln.«

Sie wies auf die Fahrräder im Unterstand und Cora schwang sich dann auch auf ihr Rad, leichtfüßiger, als Eva es sich vorgestellt hatte. Beim Frühstück hatten die Frauen die Ziele auf der Pellworm-Karte angekreuzt, die sie im Laufe des Tages abfahren wollten. Als Erstes steuerten sie den rot-weißen Leuchtturm an. Dort erfuhren sie, dass man sich für eine Besichtigung anmelden musste. Es war eine kleine Hochzeitsgesellschaft, die ihnen das erzählte. Die Gruppe hatte blaue und weiße Luftballons in Herzform in den Händen und alle hatten den Hals im Nacken, um das Hochzeitspaar oben auf dem Austritt zu erspähen. Dort oben gab es wohl einen winzigen Raum, in den grad mal das Brautpaar und der Standesbeamte reinpassten. Wenig später jubelten die Hochzeitsgäste und die Luftballons flogen dem Paar entgegen.

Eva hatte genug gesehen. Vor allen Dingen, dass Cora schon wieder ganz rührselig wurde und am liebsten noch auf das Brautpaar gewartet hätte. Sie wollte nun endlich das Meer sehen und mit Cora im Schlepptau ging es am acht Meter hohen Deich die Treppe hoch und dann blickten sie auf den breiten Grasstrand mit den bunten Strandkörben und sahen, dass die Flut sich näherte.

»Ich will da rein!«, rief Eva und kündigte an, dass sie bald ihren Kampf mit den Nordseewellen aufnehmen würde, um sich für den Trifun fit zu machen, doch jetzt ging die Fahrt erst einmal weiter.

Das nächste Ziel war die Alte Kirche. Sie fuhren weiter am Deich entlang, vorbei an Reet gedeckten Häusern, manche davon lagen unterhalb der Straße.

Cora rief Eva zu, dass es diese Häuser bei einer schweren Sturmflut zuerst erwischen würde. Eva nannte Cora eine

Kassandra und Cora entgegnete, dann solle sich Eva bitte hier mal auf der Insel mit Fachleuten unterhalten. Daraufhin legte Eva einen Gang zu und rief trotzig, dass heute doch ihr Genießertag sei, und sie verlangsamte erst ihr Tempo, als sie diesen langen Finger aus alten Ziegelsteinen sah: den Turm der Alten Kirche. Er war einmal 50 Meter hoch gewesen; nach seinem teilweisen Einsturz blieben ihm noch 26 Meter, die als Wahrzeichen aus der Zeit des Mittelalters immer noch genügten. Gleich neben dem romanischen Gotteshaus war ein kleiner Friedhof und aus der Kirche hörten sie Orgelklänge. Vorsichtig öffneten sie die schwere Holztüre. Eva war überwältigt. Ein Fest für die Sinne. Ein Augen- wie Ohrenschmaus. Jemand spielte auf der berühmten Arp-Schnitger-Orgel und sie durften zuhören. Die Bänke hatten kleine Türen, und was Eva am meisten erstaunte, es gab einen prächtigen Flügelaltar und Kronleuchter. Beeindruckt verließen sie Pellworms Wahrzeichen.

Nahe der Kirche standen Strandkörbe, die zu einem Gasthaus gehörten, dort bestellten sich die beiden Frauen ein Kaltgetränk. Gelächter schallte nach draußen und wenig später traten ein paar Mädels, die in ihrer Mitte eine Frau in Uniform hatten, auf den Hof.

»Marine«, kommentierte Cora mit Kennerblick, »die wird jetzt wohl ein paar Wochen weg sein. Schätze mal Horn von Afrika.«

»Wieso bist du eigentlich als Soldatin ausgestiegen?«

»Ach Eva, ich weiß gar nicht, ob du das alles hören willst. Aber kurz gesagt war ich es leid, dass wir als Soldaten so stiefmütterlich behandelt wurden. Man will eine Bundeswehr, die möglichst wenig kosten soll, und gesellschaftlich sind wir doch vom Ansehen ganz unten.«

»Cora, ehrlicherweise gehöre ich auch zu den Friedens-bewegten. Gott sei Dank wird es in Europa keinen Krieg mehr geben. Deswegen weiß ich nicht, warum wir immer mehr aufrüsten sollten.«

»Cora, interessierst du dich für aktuelle Politik?«

»Na ja, ich krieg die Nachrichten mit. Bin so auf dem Laufenden.«

»Dann hast du auch sicher 2014 von der Annexion der Krim gehört und was sich seitdem in der Ostukraine ab-gespielt hat.«

»Das spricht doch nicht gegen meinen Pazifismus.«

»Sorry, das spricht leider für deine Naivität.«

»Also Cora, nun bitte ich dich! Dann wäre ja unsere kom-plette Regierung naiv. Wir haben doch regen Handel mit Russland, ohne deren Gas gingen doch bei uns die Lichter aus.«

»Eben«, bestätigte Cora resigniert.

»Und irgendwie mag ich auch die russische Seele«, fügte Eva an.

»Alles klar«, sagte Cora und erhob sich aus dem Strand-korb, »sorry, ich vergaß, du hast heute ja deinen Genießer-tag.«

An der Hooger Fähre war es dann so weit. Während Cora sich auf einer Bank am Deich eine Ruhepause gönnte, kühlte sich Eva mit spitzen Schreien unter der eiskalten Brause ab und traute sich zum ersten Mal in die Nordsee. Im Gegensatz zum gestrigen Tag zeigte sich das Meer ge-zähmt, kaum Wind, winzige Wellen, also perfekt für den ersten Trainingstag. Für Cora allerdings in keinem Fall perfekt, da die aktuelle Wassertemperatur 21 Grad betrug; unter 24 Grad würde Cora Sturm grad einmal ihren großen

Zeh ins Wasser tauchen. Nach einer halben Stunde empfing Cora ihre neue Freundin am Rande des Wassers mit einem Badehandtuch. »Hey, du Meerjungfrau, ich wundere mich, dass dir noch kein Schwanz gewachsen ist.«

»Cora, es war einfach nur toll, viel besser als in der Schwimmhalle!«

Allerdings steckte ihr die Kälte noch lange in den Knochen und sie war froh, dass sie in einem Imbiss neben einem köstlichen Eintopf auch einen heißen Kräutertee bekam. Danach ging es an der Nordermühle vorbei zum Nordermitteldeich. Dort sahen sie sich quasi gezwungen einen weiteren Stopp einzulegen, da andere Fahrradtouristen von der Friesentorte und dem Pharisäer in dem dortigen Café schwärmten.

Kaum waren sie wieder in ihrem Ferienhäuschen angekommen – Cora hatte schon lauthals verkündet, sie würde jetzt an der Matratze horchen wollen –, klopfte es an der Tür.

Grit brachte hochoffiziell die Einladung der Schamanen zur abendlichen Festivität. Hannah und Gregor hätten den Eindruck gehabt, dass Cora und Eva genügend Offenheit mitbrächten, um ein Fest auch einmal anders als gewohnt zu zelebrieren. Dazu kam Grits Angebot, die beiden in ihrem Auto mitzunehmen, denn die Festivität würde in der Nähe der Nordermühle stattfinden.

»Ist das eine Mitbring-Party?«, fragte Eva.

»Ja, jeder bringt zehn Euro mit«, antwortete Grit lachend. »Dafür gibt es vegane Sachen für den Grill mit selbstgebackenem Brot, Wein, Bier und Wasser.«

»Weiß ich Bescheid«, sagte Cora, »dann esse ich also hier und freu mich auf den Wein.«

»Na denn, bis viertel vor acht, ich pack auch für euch Gläser ein.«

Kurz hinter der Nordermühle gab es ein großes eingezäuntes Grundstück, auf dem sich lediglich eine mit Efeu bewachsene Gartenhütte befand. Obwohl es noch hell war, flackerte schon ein Feuer inmitten einer Steinspirale. Um diese Spirale herum saßen ungefähr zwanzig Schamanen auf ihren Yogakissen. Aus den Lautsprechern der Musikanlage erklang Musik, die Eva von ihrer Kosmetikerin kannte, wenn sie sich mit einer Packung im Gesicht für fünfzehn Minuten entspannen sollte. Die Schamanin Hannah begrüßte sie, kassierte das Geld ein und an Stelle eines Bändchens bekamen Cora und Eva eine Feder ins Haar gesteckt. Cora verdrehte die Augen. Als sie ebenfalls im Schneidersitz auf dem Boden saßen, begann der Oberschamane seine Begrüßungsrede.

Er redete vom Makrokosmos der äußeren Welt, der sich dem Mikrokosmos der inneren Welt immer mehr annähern sollte. Von den schamanischen Übungen, die immer mehr das Nagual, wie die Schwingungen der Welt auch genannt werden, spüren lassen, aber dass man sich auch stark machen müsste, um den Feinden in der tonalen Welt etwas entgegensetzen zu können.

Der Mann war sprachgewaltig und obwohl Eva vom eigentlichen Inhalt wenig verstanden hatte, war sie hellhörig geworden, als er über die Feinde sprach.

Cora dagegen stupste sie an und sagte nur *schnarch*.

Nach der Rede mussten die Nichtschamanen aufstehen und zurücktreten. Sie durften nun einige Rituale erleben, die die Schamanen mit vielen Gesängen und Trommeln entlang der Steinspirale vorführten. Dabei hatten sie über ihre fast nackten Körper Tierfelle gehangen, einige trugen Gehörn auf dem Kopf und einen Köcher mit Pfeilen an ihrer Seite.

Nach dieser Zeremonie, die sich für Cora und Eva dehnte wie Kaugummi, ließ man sich zum gemeinsamen Mahl nieder und Eva probierte zumindest das selbstgebackene Brot.

Sie fragte die Frau neben ihr, ob es irgendwo eine Toilette gäbe. Bevor diese antwortete, schaute sie Eva sehr lange an und sagte dann: »Komm, ich gehe mit dir.« Eva erhob sich, obwohl sie viel lieber alleine oder mit Cora gegangen wäre. Die diskutierte gerade mit einem gehörnten Mann, also trottete sie brav hinter der Schamanin her, die ihr rechtes Bein nachzog. Wenige Meter weiter gab es eine öffentliche Strandtoilette. Die Schamanin wartete auf Eva.

»Ich spüre, dass du sehr verunsichert bist, dass du eine Suchende bist. Schau, ich habe ein paar Jahre im Rollstuhl gesessen. Nur die intensive Erfahrung in schamanischen Seminaren hat mir geholfen, den Rollstuhl auf die Seite zu stellen. Lass dich einfach mal ein!«

»Euer Oberschamane hat eben von Feinden gesprochen; ich kann mir gar nicht vorstellen, dass euch jemand feindlich gesonnen ist.«

Die Schamanin erstarrte. »Ja, weißt du denn nicht …«

»Nein, ich habe keine Ahnung.«

»Du weißt echt nicht, dass Bill Gates dabei ist, die Weltherrschaft zu übernehmen?«

»Nein, ich dachte bisher, der wäre einfach nur einer der reichsten Menschen der Welt. Ist das nicht ein wenig zu ambitioniert, als Einzelner die Weltherrschaft übernehmen zu wollen?«

»Ich merke, dass dir wirklich Grundwissen fehlt. Ich schicke dir gleich ein paar Links auf dein Handy, damit du dich erst einmal einlesen kannst. Das Wichtigste ist, dass du dich niemals impfen lässt!«

Sie waren wieder bei der Steinspirale angekommen. Die Musik war jetzt lauter und rhythmischer geworden; mit vielen Wiederholungen. Einige tanzten allein für sich, so, als ob sie alles um sich herum vergessen hätten. Es war noch nicht ganz dunkel, das Feuer loderte und manche hatten sich auf eine Matte neben das Feuer gelegt und schauten in den Sternenhimmel. Dann rief einer *Tim Maia Rational Culture* und alle sprangen auf. Auch Cora und Eva begannen zu stampfen und sich zu drehen.

»Mit der Musik kann man sich regelrecht in Trance tanzen«, rief Cora.

»Hör mal auf den Text«, antwortete Eva.

*We're gonna rule the world, don't you know, don't you know, we gonna put it together ...*

»Text ist mir egal, trotzdem geile Mucke.«

Grit war zwischendrin verschwunden, aber dann stand sie plötzlich vor ihnen, um sie mit nach Hause zu nehmen.

»Bist du auch Schamanin?«, fragte Eva ganz harmlos.

»Nein, ich arbeite manchmal mit ihnen zusammen.«

»Ist Bill Gates auch dein Feind?«

Cora fing an zu kichern.

»Weißt du, dieses Thema ist mir jetzt zu komplex für diese Uhrzeit. Lass uns darüber ein anderes Mal reden.«

Grit wollte eindeutig keine Stellung beziehen.

»War jedenfalls interessant mal zu erleben. Danke fürs Mitnehmen.«

»Ich fand, das war eine ziemlich ernste Veranstaltung;

der Kölner Schamane lacht wohl nie«, fügte Cora noch an.

Grit sagte auch dazu nichts mehr.

Als Cora und Eva sich wenig später für die Nacht fertig machten, fragte Cora nach Evas Resümee des Abends. »Pretty crazy«, rief Eva von der Galerie herunter.

## 23 Beim Töffel

Es regnete. Es war Landregen, den die Insel so dringend benötigte. Die Brötchen hingen heute in einer Plastiktüte an der Tür und Coras Spruch *Regen bringt Segen* konnte bei Eva nur ein müdes Lächeln hervorzaubern. Das Grau in Grau hatte sich – kaum war sie erwacht – auf ihre Seele gelegt. Da saßen sie nun, die eine beim Brötchen, die andere beim Müsli, schlürften ihren heißen Kaffee und schauten zu, wie der Regen Apfelbäume und Rosen wässerte. Dann fiel Coras Blick auf die Sauna.

»Ist doch eigentlich ideales Wetter zum Saunen. Wir sagen der Grit, sie soll die Sauna anheizen, und fragen gleichzeitig, ob es hier auf der Insel einen mobilen Masseur gibt. Den bestellen wir nach der Sauna hierher und der soll uns mal richtig durchkneten.«

»Das muss ich dir lassen, Cora, du hast gute Ideen. Alleine die Vorstellung, dass gleich so ein Jüngelchen kommt und unsere Astralkörper bearbeitet … ich wäre jedenfalls dabei.«

Eva streckte ihre Arme in die Höhe, ließ eine Hand die andere greifen und erschrak, als ein Knacken zu hören war. Cora hatte schon ihr Handy in der Hand, um mit Grit zu telefonieren.

»Also, Grit macht uns jetzt die Sauna an und in diesem Pellworm-Heftchen finden wir eine Rufnummer unter Mobile Massage, ist aber eine Frau.«

Die Frau hieß Djamila und wollte gegen 14 Uhr bei ihnen sein.

»Die hörte sich putzig an, ist bestimmt eine rassige Orientalin«, mutmaßte Cora.

»Auf welche Frauen stehst du eigentlich?«, fragte Eva.

»Grit könnte mir schon gefallen«, meinte Cora verschämt.

Kaum hatte sie es ausgesprochen, klopfte es und Grit stand mit einem roten Herzchenschirm vor der Tür. »Aus Bayern, leih ich den Damen gerne, falls es am Nachmittag weiterregnen sollte. Die Sauna ist aufgeheizt, angenehmes Schwitzen wünsche ich euch.«

»Oh, aus Bayern«, hauchte Eva und für einen winzigen Moment fühlte sie die starken Arme vom Schächler Jakob und seine Lippen auf ihrem Mund.

Die Sauna bot Platz für vier Personen. Groß genug, dass sich beide Frauen auf ihr Saunatuch legen konnten, ohne sich gegenseitig zu stören. Anfangs blieben beide schweigsam, bearbeiteten sich mit einem Saunahandschuh und schwitzten vor sich hin, bis Eva sich auf einmal aufrichtete und Cora fragte: »Was mache ich eigentlich, wenn mich Paul Ernsting gar nicht sehen will?«

»Das musst du einkalkulieren, wenn du dich vor Enttäuschung bewahren willst, stell dir nur einmal vor, bei deinem Mann würde jemand anrufen und behaupten, sie oder er wäre sein Kind.«

»Du hast recht, Cora, aber weil ich solch einen Bammel vor dem Gespräch habe, sollten wir das unbedingt üben. Was hältst du davon?«

»Das mache ich gerne, aber denk daran, ich bin ein strenger Coach. Los komm, raus in den Regen!«

Cora öffnete die Saunatüre, lief jauchzend heraus und rutschte prompt auf der nassen Wiese aus. Eva war ihr nachgerannt und sah schockiert, wie sie dort mit gespreizten Beinen und ausgestreckten Armen lag.

»Cora bitte«, sagte sie flehentlich und stapfte kopfschüttelnd über die Wiese. Cora hatte ein Einsehen und stapfte hinter ihr her.

»Wirst du Jens eigentlich noch einmal eine Chance geben?«, fragte sie unvermittelt.

»Ja natürlich. Aber es hängt doch nicht allein von mir ab. Er muss doch auch den Wunsch haben, unserer Ehe nochmals eine Chance zu geben.«

Cora schaute Eva nachdenklich an.

»Wieso habe ich so große Schwierigkeiten, dir zu glauben? Vielleicht, weil ich schon lange kein mehr so leidenschaftsloses ›ja natürlich‹ gehört habe.«

»Leidenschaft habe ich noch nie gekonnt«, antwortete Eva.

Nach drei Saunagängen dauerte es nicht mehr lange, bis Djamila mit ihrer mobilen Liege vor der Tür stand. »Hier kommt Orient«, kündigte sie sich mit lautem Lachen an. »Auch bei Regenwetter bring ich bisschen Orient.«

Blitzschnell hatte sie Gummistiefel und Socken abgelegt, ihre Massageliege aufgebaut und gefragt, ob den Damen Räucherstäbchen mit Sandelholzduft recht seien.

Sie verstand ihr Handwerk wirklich, sie gehörte aber nicht zu denen, die Entspannungsmusik bei ihrer Arbeit benötigten, denn sie erzählte die ganze Zeit von den Dingen, die ihr anfangs so seltsam auf der Insel vorgekommen seien, und lachte bei jedem Satz, den sie sprach. Mittlerweile habe sie sich an vieles gewöhnt und auch die Sprache gelernt. Ihr Mann sei bei der Freiwilligen Feuerwehr und das mache ihn besonders stolz. Djamila war 2015 mit ihrem Mann Hamoudi aus Syrien geflüchtet und in Pellworm hängengeblieben. Für ihre zwei Kinder wäre das Leben hier viel besser als auf dem Festland.

»Hat dein Mann denn auch Arbeit?«, fragte Cora streng.

»Ja, Gas, Wasser, Scheiße«, antwortete sie kichernd, »ist Gehilfe. Ist eigentlich Musiker. Wenn ihr heute Abend geht zu Töffel, könnt ihr ihn sehen. Singt Seemannslied.«

*Beim Töffel* hieß eine Musikkneipe auf Pellworm, in der sich am Abend die Musiker der Insel treffen würden mit der Aufgabe, Musik zu präsentieren, die nicht ihrem eigentlichen Genre entsprach. Cora und Eva schauten sich kurz an und sagten fast gleichzeitig: »Da sind wir dabei.«

Die Kneipe war fußläufig zu erreichen. Da Pellworm in der Nacht stockdunkel war, hatten sie auf Grits Rat gehört und für den Rückweg eine Taschenlampe eingesteckt. Am Eingang stand ein Typ mit langer Mähne, verlangte zehn Euro Eintritt und verpasste den Gästen anschließend mit einem Stempel einen Kussmund. Drinnen war es schon ziemlich voll, ein Mann bot ihnen einen Platz an seinem Stehtisch an. Er sah aus wie der Typ draußen, bloß, dass er kurze Haare hatte.

»Biste mit dem da draußen verwandt?«, fragte Cora.

»Ist mein Bruder. Wir haben aber nicht mehr gemeinsam als unser Äußeres.«

»Kommt in den besten Familien vor«, versuchte Cora zu trösten.

»Weiß ich doch«, sagte der Mann und zeigte auf Eva. »Du

könntest übrigens mit meinem Vadder verwandt sein. Der hat haargenau die gleiche Zahnlücke wie du.«

Eva wusste nicht, ob er noch mitbekommen hatte, dass sie nach seinen Worten wie eingefroren am Kneipentisch stand, denn sie hatte keine Zeit mehr zu reagieren, da der Wirt die erste Künstlerin vorstellte.

Loreen sang normalerweise Country, jetzt sang sie von Gitte *Freu dich bloß nicht zu früh* und Eva hoffte, dass sie den Songtitel nicht als Warnung sehen sollte. Sie konnte sich nicht auf den Gesang konzentrieren, weil sie die ganze Zeit versuchte, mit Cora in Augenkontakt zu kommen. Die hatte aber der Kellnerin wegen ihrer Tattoos ein Gespräch aufgezwungen und zog gerade ihr Sweatshirt im Nacken runter, um ihren tätowierten Boxhandschuh zu präsentieren. Dann endlich konnte sie ihr ein Zeichen geben, mit ihr nach draußen zu kommen.

»Was willst du denn?«, fragte Cora genervt.

»Mensch Cora, bekommst du eigentlich gar nichts mit? Ich stehe dort drinnen eventuell neben einem meiner Halbbrüder!«

»Wie kommst du denn darauf?«

Eva erzählte ihr die Episode von eben und Cora sagte nur *Ach so* und dass es eine Kleinigkeit für sie sei herauszubekommen, ob das die Ernsting Brüder wären. Damit zog sie Eva wieder in die Kneipe hinein, weil sie ihren Platz am Stehtisch nicht verlieren wollte.

Auf der Bühne stand Hamoudi, der sang wahrhaftig von Freddy *Junge, komm bald wieder*. Als er fertig war, tobte das Publikum und rief immerzu *Zugabe*. Der Wirt wies darauf hin, dass er am Ende der Vorstellung nochmals singen würde, und kündigte den Reetpoeten von Pellworm an. Der hieß Franzz Falk und bestand – wie er selber bemerkte – auf das zweite Z im Vornamen. Während er noch mit dem weiblichen Publikum flirtete, nutzte Cora ihre Chance.

»Das ist aber auch kein typischer Pellwormer Name, oder? Die heißen doch hier alle Momme oder Tamme und mit Nachnamen Petersen oder so.«

»Es gibt doch auch Zugezogene, die nicht seit ewigen Zeiten auf der Insel wohnen«, antwortete der junge Mann an ihrem Stehtisch und begrüßte einen Bekannten.

Einen Versuch war's wert, dachte Eva enttäuscht. Der Reetpoet erzählte etwas über seinen Song von Cole Porter. Er würde ihn im Stile von Bryan Ferry präsentieren. Der Wirt setzte sich ans Klavier. Ein kurzes Intro und dann hörten alle gebannt die Blues Ballade *Miss Otis regrets*. Es war Musik aus den dreißiger Jahren des letzten Jahrhunderts, da lässt sich Miss Otis ganz förmlich entschuldigen, dass es ihr unmöglich wäre. zum Lunch zu kommen, da sie ihren Liebhaber erschossen hat und der Mob dabei ist, sie zu hängen.

Cora war begeistert von dem Song und diskutierte mit anderen Gästen darüber, dass solch ein Text heute wegen Gewaltverherrlichung sicher auf dem Index stünde. Eva hoffte, dass sie ihr Versprechen nicht vergessen würde. Letztlich half der Wirt: »Eye Ernsting, kannst du mal anpacken kommen«, rief er und Evas Tischnachbar lief zur Theke. Sie hatte also neben ihrem Halbbruder gestanden! Halb versteckt hielt Cora den Daumen nach oben und Eva hatte Mühe, als all die Anspannung von ihr gewichen war, die Tränen zurückzuhalten. Sie wollte weg von hier, sie hatte keinen Spaß mehr an den musikalischen Darbietungen, sie konnte auch nicht schauspielern genug, um jetzt irgendeinen Smalltalk mit ihrem Bruder anzufangen. Am Nachmittag hatte sie mit Cora geübt, wie sie sich am morgigen Tag verhalten sollte, wenn sie mit Paul Ernsting sprechen würde. Das war jetzt die wichtigste Aufgabe für sie. Deswegen war sie hier. Cora amüsierte sich köstlich und hatte kein Problem damit, dass Eva zurück in die Liebesallee ging.

## 24 Paul Ernsting

Es war Kaiserwetter auf Pellworm. Cora war ganz aus dem Häuschen, dass sich das Wetter hier auf der Insel von einem auf den anderen Tag so krass ändern konnte. Sie schwärmte vom azurblauen Himmel und Wölkchen wie Wattebäuschen; es wäre doch wie in Italien. Nein, war es nicht, dachte Eva. Sie hatte sowieso gerade keinen Sinn für irgendwelche schönen Dinge außerhalb. Den gestrigen Abend hatte sie noch nicht verdaut. Wildfremde junge Männer, die ihre Halbbrüder sein könnten. Unfassbar!

»Siehst du«, hatte sie gestern Abend zu Cora gesagt, »siehst du, wie wichtig es ist, zu wissen, von wem man abstammt. Ich hätte mich doch theoretisch in einen meiner Halbbrüder verlieben können.«

Mit der ihr eigenen Phantasie malte es sich Cora gleich aus und sie fand, dass es etwas von griechischer Tragödie hätte und ein echter Stoff für eine Oper wäre.

Jetzt saß Eva auf ihrem Bett, die eiskalten Hände unter ihrem Sweatshirt und starrte ihr Handy an. Seit einer halben Stunde kämpfte sie mit ihrer Angst, ihn endlich anzurufen.

»Mach du«, sagte sie zu Cora und hielt ihr das Handy hin.

»Wir haben die Strategie besprochen und geübt. Du hast

das gestern phantastisch gemacht und so wirst du das auch heute machen. Da habe ich keine Zweifel. Wenn du mich suchst, bin ich bei Grit im Garten; wir haben da noch etwas zu besprechen.«

Mit diesen Worten rauschte Cora hinaus und Eva war alleine mit ihrer Angst und ihren Zweifeln vor diesem Telefonat, dem wichtigsten Telefonat ever, wie es Cora ausdrückte. Sie war fast am Ziel, doch sie wusste nicht, in welcher Situation sie Paul Ernsting antreffen würde. Vielleicht hatte er gerade Stress in der Familie, dann würde er sicher nicht offen für ein Gespräch mit ihr sein. Vielleicht würde auch die Strategie nicht zünden, die ihr Cora angeraten hatte. Ihre Knie begannen zu zittern. Mach endlich, feuerte sie sich selber an; mach endlich, bevor deine Nerven völlig versagen! Sie tippte die Nummer ein.

»Ernsting hier«, meldete sich ein Mann mit tiefer Stimme.

»Guten Tag, Herr Ernsting, Sie waren doch in den siebziger Jahren Samenspender, ist das richtig?«

Am anderen Ende stieß jemand eine ganze Menge Luft aus.

»Wer will das wissen?«

»Mein Name ist Eva Sonnenschein, ich bin Ihre Tochter.«

Paul Ernsting begann zu lachen. Ein dröhnendes, herzhaftes Lachen, als ob er gerade den besten Witz seit langem gehört hätte. Dann hörte sein Lachen schlagartig auf.

»Ist das jetzt ein Künstlername?«, fragte er. Seine Stimme klang verunsichert.

»Es ist weder mein Künstlername, noch bin ich ein Witz, ich möchte Sie kennenlernen. Ich bin zurzeit auf Pellworm, wann können wir uns treffen?«

»Tja wann, tja wann«, sagte er immer wieder; so, als ob er Zeit schinden wollte.

»Ich weiß doch gar nicht, ob ich das überhaupt will, aber was bleibt mir übrig …«

Paul Ernsting sagte: »Moment einmal«, und dann hörte Eva, dass er sich eine Zigarette anzündete, inhalierte.

»Ja also, wenn du in einer Stunde zum alten Hafen kommst, triffst du mich auf meiner Signe an.«

»Was ist das?«

»Na, mein Schiff. Ach und noch etwas: ich hab auch echte Kinder.«

»Natürlich«, antwortete Eva und war irritiert. Was sollte das? Das klang fast wie eine Drohung. Schon fand sie ihn ein bisschen unsympathisch.

»Ja, dann bis um elf Uhr«, verabschiedete sie sich.

Evas Stimmung nach dem Telefongespräch war ganz eigenartig. Sie spürte keine himmelhochjauchzende Freude. Cora hatte sie mehrfach gewarnt. Sie solle sich doch einmal vorstellen, dass eine Frau bei Jens anrufen würde, um ihm mitzuteilen, sie sei seine Tochter aus einer Samenspende. Würde er dann Tränen vor Rührung vergießen? »Natürlich nicht«, hatte sie geantwortet und gedacht hatte sie, das fehlte noch!

Eva ging in den Garten und blickte auf Grits Terrasse. Beide Frauen steckten die Köpfe zusammen und kicherten. Was heckten die denn wieder aus? Eva schrieb Cora einen Zettel, wo sie zu finden sei. Nach einem kurzen Blick in den Spiegel schnappte sie sich ihre Tasche und verließ das Haus. Mit wenigen Schritten war sie auf dem Deich, von dort sah sie schon den Hafen mit den bunten Fischerbooten und den Imbissbuden. Sie suchte sich zwischen den zahlreichen Schafen einen Weg, wobei sie aufpassen musste, nicht ständig auf Schafsköttel zu treten. Inmitten all der weißen

Schafe sah sie eines mit schwarzem Kopf. Sie hockte sich hin und machte ein Foto. »Wenn du mal nicht Eva heißt«, sagte sie. Das Schaf schaute so, als wüsste es Bescheid.

Am Hafen war die grüne Signe als drittes Boot festgemacht, hinter der blauen Coco und der roten Bella Figura. Seltsame Namen! Zwischen den Buden waren Bänke aufgestellt, die sich die Möwen wohl als Zweitwohnung ausgeguckt hatten.

Sie fischte eine Zeitung aus einem Papierkorb, legte die auf der Bank aus und platzierte sich so, dass sie die Signe im Blick hatte. Ihr Vater war also Fischer. Ihr fiel dann gleich *Moby Dick ein.* Kitty wüsste jetzt sicher den ersten Satz aus diesem Roman. Um sich die Zeit zu vertreiben, googelte sie. Natürlich! *Nennt mich Ishmael!* Ziemlich genial!

Kurz vor elf Uhr knatterte eine knallrote Vespa auf das Hafengelände. Sie wurde auf einem Motorradparkplatz geparkt und ein Mann mit einem Rucksack auf dem Rücken nahm seinen Helm ab. Er ging auf die Signe zu. Pfeifend. Ihr Vater! War der klein! Er drehte sich Richtung Imbissbude und schaute suchend umher. Eva duckte sich unwillkürlich. Der sah ja aus wie Richie Müller! Sie stand auf und ging langsam auf ihn zu. Er drehte sich um und blieb stehen. Wie beim Showdown im Western, dachte Eva, nur die Waffen sind noch nicht geklärt.

»Hallo«, sagte sie und hielt ihm ihre Hand hin, »ich bin Eva Sonnenschein.«

Seine Hände verschwanden hinter seinem Rücken. Er nickte kurz und murmelte seinen Namen.

Eva zeigte auf die freien Stühle an der Imbissbude.

»Setzen wir uns dahin?«

»Ich dachte, wir gehen auf mein Schiff.«

Eva schüttelte den Kopf.

»Na gut«, sagte Ernsting und steuerte einen Tisch an. Nachdem sich Eva ein Getränk und Paul Ernsting einen Aschenbecher besorgt hatte, schauten sie sich zum ersten Mal ein wenig länger an.

»Tja, wie gesagt …« Ernsting schaute auf seine Füße. Er räusperte sich: »Ein Vaterschaftstest wäre jetzt wohl hilfreich.«

Eva blieb stumm. Sie starrte ihren Vater an, als ob sie sich jede Furche in seinem Gesicht und jeden Wirbel seines erstaunlich vollen Haares merken müsste.

»Bist ja ein Zwerg, genau wie ich, bin neugierig, wie du auf mich gekommen bist.«

Jetzt war es an der Zeit, dass Eva ihm von Ole erzählen musste und von dem One-Night-Stand in Essen.

Paul Ernsting sank auf seinem Stuhl zusammen. Fassungslos blickte er auf Eva.

»Das kann ich doch keinem erzählen, Mädchen, Mensch, das sind 40 Jahre her. Und mit dir … ich war zwanzig und brauchte Geld und das war schnelles Geld.« Er lachte anzüglich.

»Kannst du dir eigentlich vorstellen, wie widerlich und verletzend ich dein Lachen finde?! Mann! Schau mich an! Ich bin deine Tochter. Wir haben die gleiche Zahnlücke …« Eva bleckte ihn an. »Und du erzählst mir am Telefon etwas von echten Kindern …«

»Hab ich doch schon längst gesehen deine Zahnlücke … und mit echte Kinder meinte ich ja nur, dass ich sie kenne.«

Ernsting griff nach seinem Rucksack und holte ein Handtuch heraus. Damit fuhr er sich einmal über seinen Kopf.

Er kommt ins Schwitzen, registrierte Eva.

»Ich habe zur Hälfte deine Gene. Kannst du nicht verstehen, dass ich dich nicht nur suchen, sondern auch einfach mal sehen wollte? Ich habe ansonsten keinerlei Ansprüche an dich, glaube mir.«

»So, so, keinerlei Ansprüche …« Er lachte bitter und stülpte die Innentaschen seiner Jeans nach außen. »So sieht das heute mit Ansprüchen bei den Fischern aus. Doch du bist sicher nicht gekommen, um dir meine Jammerei anzuhören. Du wolltest mich sehen, bitte jetzt hast du mich gesehen. Ich bemühe mich zu verstehen, warum du hier aufgetaucht bist, aber wer versteht mich, wenn in meinem Alter plötzlich zwei neue Kinder hereingeschneit kommen?«

Wenn du wüsstest, dachte Eva und konnte ein Schmunzeln nicht verhindern.

»Ich bin fast so weit, mich zu entschuldigen«, sagte Eva leise. »Ich dachte nur, du wärst ein wenig neugierig auf mich, wolltest etwas von mir und meinem Leben erfahren und ich dürfte etwas aus deinem Leben erfahren.«

»Lässt du mir vielleicht ein bisschen Zeit, mir geht da allerhand in der Birne rum.«

»Entschuldigung, du hast ja recht.«

Ernsting fischte sich eine zweite Selbstgedrehte aus seinem Etui. Er inhalierte tief und pulte sich einen Tabakbrösel von der Unterlippe. Dann streckte er seine gebräunte Hand aus.

»Ich bin Paul. Das war dumm von mir, dir eben nicht die Hand zu reichen.«

Gerührt legte Eva ihre Hand in seine. Die linke Hand packte er obendrauf und trotz seiner Schwielen spürte Eva seine Zartheit. Tief in ihr löste sich etwas. Jetzt hatte sie endlich ein Gesicht. Paul Ernsting, war er der Mann aus ihrem Traum?

# 25  Music ist the answer

Eva konnte sich nach dem Treffen nicht mehr erinnern, welchen Weg sie zurück in die Liebesallee genommen hatte. Ihr Körper hatte ihr befohlen zu laufen; und sie lief und lief und der von Cora vorhergesagte Gefühlstsunami war ausgeblieben. Sie dachte an ihre toten Eltern, denen sie so gerne von dem Treffen mit Paul Ernsting erzählt hätte. Wieso war das Gefühl ihnen gegenüber jetzt ein anderes, nachdem sie ihren biologischen Vater getroffen hatte? Der erste Gedanke nach dem Treffen war der, ihre Eltern anrufen zu wollen, um ihnen zu erzählen, dass das Unwahrscheinliche eingetroffen war: sie hatte ihren Samenspendervater gefunden! Wenn es doch irgendeine Leitung zu ihnen gäbe! Ihr ist es unmöglich, auf den Friedhof zu gehen und dort an ihrem Grab mit ihnen zu sprechen. Sie sieht dann die Urnen vor sich; was einmal Mensch gewesen war, nur noch Asche, und sie bleibt stumm. Vielleicht gelänge ihr die Zwiesprache, wenn sie zu Hause endlich das Foto ihrer Eltern aufhängen würde.

Aber sie denkt auch an ihren eigenen Tod. Wird sie schon gestorben sein, wenn ihre Söhne ihr Alter erreicht haben, und woran werden sie sich erinnern, wenn sie dann in Gedanken bei ihr sein werden? Ihr fiel der Aufsatz ein, den

Tim einmal in Religion geschrieben hatte. Das Thema war der gerechte Gott oder so. Tim fand, dass Gott in einer Sache ausgesprochen ungerecht sei. Er ließe die Menschen unterschiedlich lange leben. Wenn er Gott wäre, würden alle Menschen erst mit hundert Jahren sterben. In ihrem Bett, die Familie um sie herum. Eine schöne Vorstellung! Eva seufzte, schaute auf die Inselkarte und merkte, welchen Umweg sie gegangen war.

Cora hatte schon ungeduldig auf sie gewartet, irgendwann war ihre Ungeduld in Besorgnis umgeschlagen und sie war gerade im Begriff, zum Hafen zu gehen, um nach ihr zu schauen, als Eva um die Ecke bog. Sie ließ sich nur allzu gerne in die ausgebreiteten Arme von Cora fallen und murmelte immer wieder; »Alles gut, alles gut.« Natürlich musste sie dann den Ablauf des Treffens haargenau erzählen. Eva erstaunte es immer wieder, wie detailliert Cora nachfragen konnte; eine richtige Detektivin eben. Sie wollte halt hinterher das Gefühl haben, sie sei bei dem Treffen dabei gewesen. Eva allerdings bevorzugte eine gewisse künstlerische Freiheit beim Erzählen; sie fühlte sich noch nicht einmal schlecht dabei, wenn sie ein wenig schwindelte, denn sie wollte einfach nicht alles teilen. Bestimmte Dinge gehörten nur ihr.

Irgendwann kam Grit vorbei und brachte Eva einen Neopren-Schwimmanzug. Sie machte der erstaunten Eva klar, dass sie bei dem Wettkampf nicht mit einem normalen Badeanzug ins Wasser gehen könnte. Außerdem lieh sie ihr eine Badekappe und Schwimmbrille. Dann erfuhr Eva, dass sie beim Wettkampfbüro angemeldet sei und dass es kurz vor dem Start eine Besprechung geben würde, die für jeden verpflichtend wäre.

Durch die aktuellen Ereignisse war der Wettkampf für Eva weit nach hinten gerückt; sie hatte auch nicht mehr trainiert, sie müsste sich nun irgendwie motivieren. Vielleicht hatte Cora eine Idee.

»Wahrscheinlich ist Paul Ernsting morgen ebenfalls unter den Zuschauern. Also für mich wäre dies Motivation genug. Außerdem gibt es ein paar Youtube-Videos von dem Wettkampf. Schau dir die unbedingt an! Es wird beim Start ein heftiges Getümmel geben.«

Eva bekam gleich Herzklopfen bei der Vorstellung, ihr Vater würde als Zuschauer auf seiner Signe stehen und sie anfeuern. Vielleicht wären seine Söhne ebenfalls dabei. Am Abend wollte sie im Schwimmbad ganz ruhig und entspannt die 500 Meter als Vorbereitung schwimmen. Und ja, wenn der Trifun vorbei wäre, würde sie auch langsam wieder Jens in ihre Gedanken lassen …

Am nächsten Tag zeigte die Gegend um den alten Hafen quirlige, bunte Geschäftigkeit. Die Zuschauer saßen verteilt auf dem Deich, auf den Mauern ringsherum, oder bei den Buden, die zur Feier des Tages Wettkampfbier anboten. Alles war mit bunten Wimpeln geschmückt. Man hatte sogenannte Absperrbänder gezogen, um auch die Teilnehmer in der Spur zu halten. Eva hatte an der kurzen Wettkampfbesprechung teilgenommen und erfahren, dass sie bis zur Boje und wieder zum Ausgangspunkt am Hafen schwimmen musste. Obwohl sie immer mal wieder in die Menge gespäht hatte, war ihr Vater nicht zu sehen. Egal, sie war so oder so bereit zu kämpfen. Grit sollte es nicht bereuen, sie gefragt zu haben.

Dann kam der Start. Sie befand sich inmitten von um sich schlagenden Armen und Beinen. Ein Fuß traf sie in die Seite. Den kurzen heftigen Schmerz konnte sie gut wegstecken, Adrenalin sei Dank! Jetzt war es wichtig, aus dem Pulk herauszufinden, dann konnte sie kraftvoller und schneller schwimmen. Als ihr das gelang, war es kein Kampf mehr, sondern nur noch Genuss, und sie war nicht einmal erstaunt, dass sie als erste Frau am Ziel war. Euphorisch wollte sie aus dem Hafenbecken steigen, als sich eine Hand nach ihr ausstreckte. Niemals würde sie sich nach einem Wettkampf aus dem Becken ziehen lassen, es sei denn, sie wäre halbtot. Oben stand Paul Ernsting. Sie schlug aber erst bei Kirsten an und schickte sie mit einem guten Vorsprung auf ihr Rad. »Glückwunsch, habe alles gesehen«, sagte Ernsting leise. Als Cora und Grit angelaufen kamen, bat sie ihn, stehen zu bleiben. Zum Glück hütete Cora ihr Handy, sie regierte blitzschnell und eh der verdutzte Ernsting irgendwelche Einwände äußern konnte, rief sie irgendetwas von Siegerfoto und Eva hatte das ersehnte Bild. Danach verschwand Ernsting schnell in der Menge.

Cora und Grit hatten sich vor Begeisterung fast heiser geschrien, sie nahmen Eva in ihre Mitte und schoben sie in das Wettkampfzelt hinein, damit sie sich umziehen konnte und pünktlich beim Start von Grit dabei war.

Auch Kirsten konnte den »Staffelstab« sehr früh an Grit weitergeben und jetzt kam es auf ihre Vermieterin an, welchen Platz sie in ihrer Altersgruppe machen würden. Sie standen in losen Gruppen vor dem Zelt der Wettkampfleitung und warteten gespannt auf den Einzug der Läufer, als der Shantychor an ihnen vorbeizog. Bis zur Siegerehrung sollte das Publikum ein wenig unterhalten werden. Ernsting erspähte sie und winkte kurz zu ihr hinüber. Sie winkte schüchtern zurück, und in diesem Augenblick verstand sie erst die Symbolhaftigkeit der Hand, die er ins Wasser gereicht hatte, um ihr herauszuhelfen. Sie verspürte den Impuls, ihm nachrennen zu wollen, doch sie widerstand.

Binnen kurzer Zeit verwandelte sich ihr Glücksgefühl in Wehmut. Sie ahnte, dass es ungewiss sein würde, ob sie ihren biologischen Vater je wiedersehen würde.

Dann wurden endlich die Wettkampfergebnisse bekannt gegeben. Dritter Platz in ihrer Altersklasse! Grit und Kirsten wollten sich bei ihr mit einer Einladung zum Essen bedanken, da sie doch spontan und ohne großartige Vorbereitung eingesprungen war. Eva hätte die Einladung viel mehr genießen können, wenn Cora nicht so nervös und hibbelig gewesen wäre. Sie glaubte mittlerweile, ihre Begleiterin ein wenig einschätzen zu können. Wenn da nicht irgendetwas im Busche war!

Nach dem Essen musste Cora sie überreden, bis ans Ende der Liebesallee mit ihr zu gehen, da gäbe es einen wunderbaren Platz oben auf dem Deich. Eva wollte keine Spielverderberin sein. Als sie neben Cora auf der Bank saß, fragte sie: »Und jetzt? Wo bleibt der Schampus?«

»Das ist mir ein bisschen unangenehm, aber der wird uns noch gebracht. Vielleicht nutzen wir die Zeit bis dahin und du ziehst ein kurzes Resümee deiner Reise.«

»Cora, gibst du jetzt eine Vorstellung als Thera…«

Eva stoppte mitten im Satz und drehte ihren Kopf in alle vier Himmelsrichtungen.

»Gibt es hier irgendwo eine versteckte Kamera?«

»Schätzchen, bist du in den neunziger Jahren steckengeblieben?«, fragte Cora kichernd.

»Eigentlich kein schlechtes Jahrzehnt«, antwortete Eva. »Aber das mit dem Resümee könnte ich mir wirklich überlegen.«

Dazu kam es nicht mehr. Jemand wollte in der Liebesallee wohl alle hören lassen, was seine Lieblingsmusik ist. Eva wollte ihren Ohren kaum trauen.

»Mensch Cora, ich glaube, Jens ist hier«, rief sie.

»Wie kommst du denn bloß darauf?«

Die Musik wurde immer lauter. Es lief *Missing you* von Chris de Burgh.

»Weil Jens der einzige Mann in Deutschland ist, der noch die Musik von Chris de Burgh hört«, antwortete sie kichernd.

»Mensch Eva, geht dir denn jeder Sinn für Romantik ab, es heißt doch *Music ist the answer*. Welcher Song hätte denn deiner Meinung nach besser gepasst?«

Eva war aufgestanden und bewegte sich rückwärtsgehend Richtung Treppe. Lachend sagte sie: »Ich weiß, du wirst mich dafür hassen, aber *Wolke vier* oder so.«

»Hau endlich ab und geh zu demjenigen, zu dem du hingehörst«, antwortete Cora kopfschüttelnd.

Eva spürte, dass sie nicht so cool war, wie sie tat. Ihr Herz klopfte mächtig. Sie schaute vom Deich hinunter auf die winzige Terrasse eines Ferienhauses direkt am Deich. Sie sah den kleinen Tisch mit den zwei Gläsern und der Flasche Champagner und sie sah Jens, der sie anstrahlte und mit einer roten Rose winkte. Leichtfüßig nahm sie die zahlreichen Stufen und ließ sich in seine Arme fallen.

# Epilog

Wenn man in der Gemeinde Taching am See, im Ortsteil Tengling, Richtung Strandbad Tengling fährt und am Ortsende links nach St. Coloman abbiegt, kommt man zu einer der am schönsten gelegenen Kirchen im Rupertiwinkel. Durch die erhöhte Lage am nördlichen Ende des Tachinger Sees hat man einen traumhaften Blick auf die Chiemgauer Berge und die satten, blühenden Wiesen. Die Kirche ist verschlossen, doch macht ein kleines Schild den Besucher darauf aufmerksam, dass man im Häuschen nebenan den Schlüssel bekommt, um das Kirchlein und seinen prachtvollen Flügelaltar besichtigen zu können. Manchmal interessieren sich die Leute auch für die Schlüsselgeberin. Dann fragen sie die Frau, wie oft sie in der Woche nach diesem Schlüssel gefragt wird und ob dies ihre einzige Aufgabe sei. Nein, wird sie dann sagen, glücklich lächeln und berichten, dass sie Kinderbücher illustriert. Wenn sie Besorgungen zu erledigen hat, würde Olga aus der Ukraine sie seit kurzem vertreten, die gleich nach ihrer Ankunft im Frühjahr begonnen hatte, einen Gemüsegarten anzulegen. Manchmal sehen die Leute die Frau auch mit einem großen, kräftigen Glatzkopf auf der Bank sitzen und die beiden sind so im Gespräch vertieft, dass man sie kaum stören mag. Aber dann ergibt sich doch ein Gespräch über das Leben dort und sie werden gefragt, ob sie vor den schrecklichen Nachrichten in die Idylle geflohen seien. Dann wird der Mann antworten, dass man vor Nachrichten nicht fliehen kann, sie sind so schnell in der Welt, wie sie auch wieder verschwinden. Die unmenschlichen Taten lassen Menschen fliehen und diejenigen, die nicht fliehen müssen, können – egal wo sie auf der Welt leben – nicht mehr so tun, als gäbe es diese Taten nicht. Das Böse wird auch ihre Welt verändern. Sie hätten nur das Nötigste getan, wären zusammengerückt, um einer Großmutter und ihren zwei Enkeln eine Zuflucht zu bieten. Und bevor die Menschen sich wieder verabschieden, reicht ihnen die Frau eine Schale mit bunten Kärtchen, auf denen jeweils nur ein Wort steht. Sie ermuntert die Besucher, über dieses Wort nachzudenken. Als sie zum ersten Mal beim Kirchlein war, zog sie das Wort »Reise«.

Die Autorin Bruny Fritz hat bis 2015 als Coach und Kommunikationstrainerin gearbeitet. Sie lebt mit ihrem Mann und Hund Traudel in Bensberg und auf Pellworm.

Lesen Sie auch von der Autorin

**Was macht die Sehnsucht, wenn sie bleibt**

**12 Geschichten über ein großes Gefühl**

ISBN:9783743181410

**Auf der Suche nach den Schmetterlingen**

ISBN:9783748184423

Rückmeldungen gerne an **brunyfritz@t-online.de**